어린아이처럼

어린아이처럼

초판 1쇄 인쇄_ 2011년 10월 21일
초판 1쇄 발행_ 2011년 10월 28일

지은이_ 김요한

펴낸곳_ 바이북스
펴낸이_ 윤옥초

책임편집_ 김태윤
편집팀_ 이성현, 도은숙, 이현실, 문아람
책임디자인_ 방유선
디자인팀_ 윤혜림, 이민영, 남수정, 윤지은

ISBN_ 978-89-92467-59-9 03810

등록_ 2005. 07. 12 | 제 313-2005-000148호

서울시 마포구 서교동 395-166 서교빌딩 703호
편집 02)333-0812 | 마케팅 02)333-9077 | 팩스 02)333-9960
이메일 postmaster@bybooks.co.kr
홈페이지 www.bybooks.co.kr

책값은 뒤표지에 있습니다.

바이북스는 책을 사랑하는 여러분 곁에 있습니다.
독자들이 반기는 벗 - 바이북스

어린아이처럼

아이에게 삶의 지혜를 빌리다

김요한 지음

바이북스
ByBooks

이 책을 발달장애 학생들의 모임인
'아름다운 도전' 팀에게 바칩니다

이 책의 내용은 엄밀히 말하자면, 내가 만들어낸 내용이라고 할 수 없다. 그 이유는 내가 평소에 관찰하면서 보고 들은 이야기를 담아낸 것이기 때문이다. 그런 의미에서 이 책의 진정한 주인공은 이야기 속의 어린아이들이자 이 책을 읽게 될 독자 여러분이다.

책 속의 이야기를 장식해준 아이들에게 감사의 뜻을 전하고 싶다. 아이들은 단순히 다양한 이야깃거리만 제공해준 것이 아니라, 아이들이 어른들에게 줄 수 있는 결코 작지 않은 삶의 교훈들도 함께 깨닫게 해주었다.

책 속에 등장하듯이, 어른이 되어서도 어린아이 같은 마음을 간직하며 살아가는 모든 분들에게도 감사의 말을 전한다.

이 책은 바로 그런 분들을 위한 책이다.

　어린아이들의 특징은 한두 가지가 아니다. 어린아이들의 세계는 알아가면 알아갈수록 신비스럽고 아름다운 세계다. 그럼에도 불구하고, 우리는 바쁘다는 이유로 아이들이 우리에게 안겨주는 커다란 선물을 쉽게 놓칠 때가 많다.

　사실 우리에게 열린 마음만 있다면 어린아이들로부터 배울 수 있는 크고 작은 삶의 교훈들은 무궁무진하다. 물론 아이들이 때론 우리를 긴장하게 하기도 하고, 놀라게도 하고, 가슴 아프게 하거나, 스트레스를 줄 때가 있는 것도 사실이다. 하지만 마음의 문을 조금만 열고 관찰하면 저들의 천진난만함과 단순함을 발견할 수 있고, 거품 없는 그들의 세상으로 빠져드는 것을 체험할 수 있을 것이다.

　아이들은 상대적으로 생각이 자유롭다. 호기심도 많고 틀에 박혀 있지 않다. 아이들에겐 여유가 있고 웃음이 있고 생명이 느껴진다. 아이들에겐 미래가 있고, 부드러움이 있고, 유연함이 있다. 물론 어린아이들은 지극히 연약하지만, 그 연약함이나 한계는 오히려 우리에게 가장 훌륭한 선생님이 될 수 있다고 나는 믿는다. 이것이 아이들이 우리에게 주는 선물이다.

몇 해 전에 아내가 세 아이들 중 두 아이의 여권을 잃어버린 불상사가 있었다. 출국을 사흘 앞두고 여권을 잃어버린 것이다. 여기저기 분주하게 전화해서 알아보니, 분실 신고를 한 뒤에 다시 여권 신청을 해야 되는데, 아무리 빨리 나와도 1주일이 걸린다고 한다. 그런데 이미 비행기 표도 다 끊어놓은 상황이고 나흘 뒤에는 떠나야 되기 때문에 집안에 비상이 걸렸다. 그것도 여권 유효 기간이 거의 지날 뻔한 것을 내가 발견하고 일부러 시청에 가서 급히 재발급받은 새 여권이었으니 더더욱 답답한 노릇이었다. 결국 그 일 때문에 아내랑 한바탕하게 되었다.

우리네 남자들은 이런 상황에서 돌발적인 생각을 많이 한다. 최대한 빨리 문제와 정면 대결하여 적절한 해결책과 대안을 모색한다.

그런데도 결국 별다른 방법이 떠오르지 않아 오랜 고민 끝에 나는 '백'을 써보기로 했다. '내 개인적인 문제도 아니고, 아이들의 문제를 돕는 것이니 백을 써도 크게 거리낌이 없는 선택'이라고 나 자신과 타협했다. 결국 이 사람 저 사람에게 연락한 끝에 모 공공 기관의 고위 간부와 접촉이 되었다. 아이들의 문제로 부탁을 하는 일이었기에 혼자 가는 것보다는 사건의 가해자(?)인 애들 엄마와 피해자 중에 하나인 아이가 같이 따라가주면 보다 설득력이 있을 것 같아 아내랑 막내 아이를 끌고 갔다. 어떤 반응을 기대할 수 있을지 전혀 예측할 수 없었지만 일단 차와 음료까지 내주시는 의외의 부드러운 대접에 일이 잘 풀릴 것만 같았다.

바로 그 순간, 우연의 장난일까? 일이 잘 진행되는 것만 같았던 순간에 예상 밖의 사건이 터졌다. 그 어르신이 갑자기 탁자 건너편에 앉아 있던 우리 막내를 바라보며 "너 참 개구쟁이처럼 생겼구나"라고 한마디 던진 것이 화근이었다. 내가 보기에도 그분에겐 아무런 악의가 없었고 단순히 아이를 배려하려는 순수한 의도에서 던진 인사말 정도였는데, 말뜻조차 정확히 모르는 두 살짜리 꼬맹이의 귀에 그 표현이 그리 긍정적으로 들리지 않았던 것일까? 그분의 말이 떨어지기가 무섭게 막내는 눈 하나 꿈쩍 안 하고 흥분된 목소리로 그 간부를 향해 소리쳤다.

"바보 똥꼬!"

그 순간 나는 머리에서 쥐가 나기 시작했고, 아이 엄마는 기절 직전이었다. 결국 나는 아이의 입을 틀어막고 사건 수습에 바빠 적절한 말을 찾느라 헤매고 있었다. 결국엔 얼떨결에 자리에서 일어나면서 그분에게 인사를 건네며 뒷걸음질쳤다.

"이제 저희는 가야 될 시간이 된 것 같습니다. 시간 내주셔서 고맙습니다."

그렇게 우리는 사무실을 간신히 빠져나왔다.

나는 그날 돈으로는 따질 수 없는 비싼 교육을 받았다. '빽'이라는 게 이래서 안 좋다는 것을. 제대로 된 길을 버리고 지름길로 간다고 산길로 들어서면 잘못하다가 낭떠러지로

굴러떨어질 수도 있다는 것을.

　우리는 때로 아이들을 귀찮아하고 아이들의 말에 귀를 막는 경우도 있는가 하면, 아예 시끄럽다고 말을 못하게 하거나 밖으로 내쫓는 경우도 있다. 그러나 아이들을 가까이하면 할수록 어쩌면 우리들의 가장 훌륭한 선생님이 될 수 있다는 생각을 해본다. 우리 마음의 문을 조금만 열 수 있다면 말이다.

　아이들은 어른들의 스승이다. 아이들은 그 부모를 비추는 거울이다.

　때때로 어린아이들은 우리를 긴장하게 하거나 놀라게도 한다. 하지만 조금만 인내하면서 좀 더 여유 있게 저들의 모습을 바라보고 관찰한다면 아이들을 통해 우리네 어른들이 얻을 수 있는 삶의 교훈은 결코 적지 않다고 나는 장담한다.

　그래서 성경에도 이렇게 기록하고 있지 않은가.

　'누구든지 하나님의 나라를 어린아이와 같이 받아들이지 않는 자는 결단코 거기 들어가지 못하리라_{록 10:17}'고.

김요한

CONTENTS

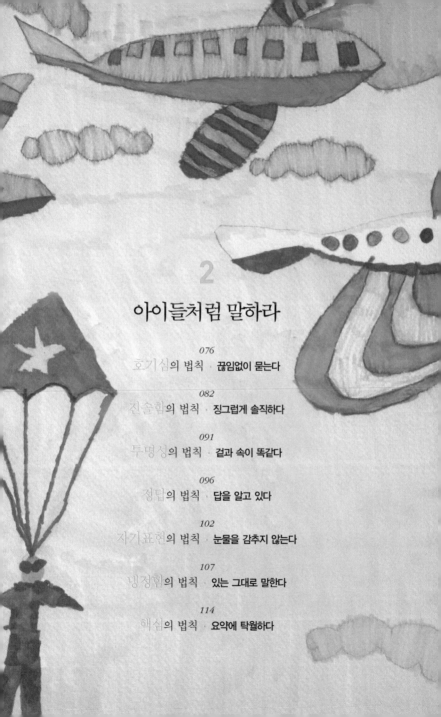

2
아이들처럼 말하라

3
아이들처럼 행동하라

4

아이들처럼 사랑하라

성인이 되기를 포기하라
그것이 모두를 위해 훨씬 유익하다

1

아이들처럼
생각하라

이 순간의 법칙

지금 여기에 산다

어린아이들은 어제의 기억 속에 살거나 내일의 염려 속에 살기보다는 현재에 사는 경우가 더 많다. 그런데 어른들은 어제의 실수나 상처로 인해, 혹은 미래에 대한 염려나 두려움 때문에 오히려 현재의 것들을 많이 놓치곤 한다. 그런 의미에서 현재에 충실한 어린아이들이 우리에게 주는 교훈은 한두 가지가 아니다. 아이들로부터 배우고자 하는 마음만 있다면 말이다.

현재에 몰입할 때 우리는 더 이상 과거에 머물지 않는다. 지나간 과거를 아쉬워하지 말자. 과거는 이미 우리 소관이 아니다. 놓친 것들을 아무리 안타까워해도 다시 되돌릴 수 없는 노릇이다.

마찬가지로, 현재에 몰입할 때 우리는 미래에 집착하지 않게 된다. 한 치 앞도 모르는 우리가 내일을 염려한들 무슨 소용이 있으랴. 염려는 소중한 시간과 에너지만 낭비한다.

'지금 여기에 사는 것'은 그만큼 현재에 집중하는 것을 뜻한다. 놀이터나 길모퉁이, 혹은 바닷가나 계곡에서 놀이하는 아이들의 모습을 떠올려보자. 아이들이 얼마나 열정적으로 노는가! 지칠 줄 모르고 논다. 저들에게는 시계도 필요 없고, 아예 시간 개념조차 없다.

어린아이들이야말로 현재에 만족하고 지금 이 순간에 몰입하는 방법을 우리에게 안내해주는 세상에서 가장 좋은 '가이드'이다.

물론 어른들은 집중력이 뛰어나다. 아이들보다 더 오래 집중할 수 있는 능력도 있다. 하지만 때로는 어른이기 때문에 더 쉽게 산만해지기도 한다. 우리의 머리를 가득 채운 여러 가지 생각과 계획, 그리고 크고 작은 염려들이 머리를 복잡하게 만들고 몸을 피곤하게 만들기 때문이다. 그렇기 때문에 현재에 더 성실한 쪽은 언제나 어른들보다는 어린아이들 쪽이다.

아이들을 학교에 처음으로 보내는 엄마들은 바쁘다. 이것

저것 챙겨줘야 하는 일도 많고, 아이들에게 집 주소와 전화
번호도 외우게 한다. 언제 어떤 상황이 벌어질지 모르기 때문
이다. 우리 아이들도 학교에 처음 입학하는 날, 그렇게 아파
트 동·호수를 외우게 하고 전화번호를 외우게 했던 기억이
엊그제 같다.

  그렇게 첫째 아이를 '훈련' 시킬 때의 일이다.

  "우리가 사는 곳은?" 하며 물으면 큰딸이 씩씩하게 대답한
다. "전민동."

  "우리가 사는 아파트 이름은?"

  "엑스포 아파트!"

  "동·호수는?"

  "306동 803호!"

  옆에서 가만히 지켜보고 있던 남동생의 표정을 보니 자기
도 하고 싶다는 눈치다.

  아이들 엄마는 동생에게도 기회를 준다.

  "너도 누나처럼 할 자신 있어?"

  그렇다고 고개를 끄덕인다. 동일하게 동생에게 질문을 던
진다.

  "우리가 사는 곳은 어디?"

누나 못지않게 씩씩하게 대답한다.

"여기!"

아파트 이름을 물어봐도 대답은 "여기"이고, 동·호수를 물어봐도 대답은 변함없이 "여기"가 전부다.

그렇다. 우리 아들 녀석에게 가장 중요한 것은 아파트 단지의 이름도 아니고, 동·호수도 아니다. 자기가 사는 곳은 '여기'이고 그것만 알면 충분하다는 것이다. 그 아이에게 '여기'는 엄마가 있고 아빠가 있는 곳이다. 여기는 누나와 여동생이 있는 곳이다. 여기에 내 장난감이 있고 여기에 먹을 음식이 있고 여기에 내 잠자리가 있고 여기가 내가 사는 곳임이 분명하다는 것이다. 집 주소는 몰라도 '여기'가 내 집인 것만큼은 확실하게 알고 있다는 것이고 그것만으로 자기는 만족할 수 있다는 얘기다.

그러나 우리네 어른은 '여기'에 만족하지 못한다. '여기'가 충분치 않다고 생각하는 순간들이 종종 있다.

어린아이들은 과거에 살지 않는다. 그렇다고 미래에 사는 것도 아니다. 아이들에게 가장 소중한 순간은 바로 현재이기 때문이다. 그래서 과거에 연연하지 않고 미래에 집착하지도 않는다. 지금이 제일 중요하다.

끊임없이 인정받고자 하는 욕구,
나의 힘으로 해내려는 욕구에서 자유로워져야 한다

하지만 어른들은 어제 있었던 일 때문에 현재에 집중하지 못하고 내일의 염려로 오늘의 소중함을 놓친다.

어제 일로 오늘이 힘겹거나, 내일의 염려로 마음이 무겁다면 지금은 배울 때이다. 어린아이들에게 배울 때다.

래리 하인Larry Hein이란 미국의 저자는 다음과 같이 말했다.

성인이 되기를 포기하라. 그것이 모두를 위해 훨씬 유익하다.

그렇다. 어린아이와 같은 마음의 소유자가 되기까진 반드시 무언가를 내려놓고 포기해야 한다. 끊임없이 인정받고자 하는 욕구, 무엇인가를 나의 힘으로 해내려는 집착 등의 욕구에서 자유로워져야 한다. 그럴 수 있다면 우리는 어린아이들처럼 많은 것들을 누리고 배울 수 있다.

내일의 염려와 걱정 때문에, 혹은 미래의 근심과 불안 때문에 지금 누릴 행복을 놓치고 있지는 않는가?

맨해튼의 비

얼마 전에 뉴욕 시내 한복판에서 폭우를 경험한 적이 있었다. 숙소는 맨해튼 5가에 있었는데 잠깐 외출을 하고 돌아오는 사이에 비가 억수같이 쏟아져 길모퉁이의 어느 식당 앞으로 간신히 몸을 피했다. 그때 다른 사람들도 비를 피하느라 같이 나란히 서 있게 되었는데, 바로 옆에 있는 사람들이 주고받는 이야기를 들을 수 있었다. 내 바로 옆에는 어느 미국인 흑인 남자가 서 있었고, 그 옆에는 스웨덴에서 왔다고 하는 여자 관광객이 서 있었다.

두 사람이 가볍게 인사를 건네더니 짧은 대화가 이어졌다. 천둥과 번개가 요란하게 치자 스웨덴에서 온 여자는 이런 비에 익숙하지 않다면서 무섭다고 했다. 그러자 덩치 큰 흑인 남자는 이렇게 비 오는 것이 제일 좋다고 말한다. 뉴욕 시내의 흙과 먼지를 씻어주는 것은 이런 비밖에 없다고 말하는데, 그때 그 남자의표정이야말로 어린아이와 같았다.

똑같은 시간, 똑같은 장소에서 한 사람은 쏟아지는 비를 보며 최악의 순간이라고 했지만 한 사람은 그 순간이 최고라고 말한다. 우리 주변에도 항상 여러 가지 일이 일어나고 대부분의 경우, 예상치 못하는 일도 빈번하게 경험하게 된다. 때로는 내가 서 있는 삶의 자리에 비가 억수같이 쏟아지기도 하고 천둥과 번개도 치게 된다. 결국 그 영향으로 두려움에 사로잡힐 수도 있지만, 우리는 그 순간을 누리는 법을 배울 수도 있다.

'이 순간의 법칙'은 지금 여기에 사는 것이다. 그래서 현재에 몰입한다. 지금 이 순간이 가장 소중한 순간이기 때문이다.

고려 시대 문인 이규보의 시 중에는 다음과 같은 내용이 있다.

꽃 심으면 안 필까 걱정하고 꽃 피면 또 질까 걱정하네.
피고 짐이 모두 시름겨우니 꽃 심는 즐거움 알지 못해라.

우리의 일상 속에서 만나는 크고 작은 걱정거리는 결국 꽃을 심는 즐거움을 놓치게 하는 것이다.

지금 우리에게 가장 소중한 것은 지금 이 순간이다. 이 순간을 집중하고 이 순간에 최선을 다하는 것, 그것이 지금 내가 해야 할 가장 중요한 일이다.

무력함의 법칙
자기 한계를 안다

사람은 자신의 한계를 인정할 때, 인생을 보다 정확하게 설계하며 하루하루를 성공적으로 살아갈 수 있게 된다. "너 자신을 알라"는 소크라테스Socrates의 말 역시 우리의 한계를 외면하지 말라는 의미가 아닐까 싶다. 우리의 한계를 인정할 때 우리는 비로소 보다 더 의미 있고 보람된 일생을 살 수 있기 마련이다.

어느 교회에서 1년에 한 번씩 온 가족이 일주일 동안 함께 새벽 기도에 참여하는 것을 권유하고 있었다. 일주일 내내 빠짐없이 출석한 가족에겐 특별한 상품을 선물하기도 했다고 한다. 그런 특별 기도 기간을 여는 교회의 담임 목사님 자녀 나이가 아홉 살과 여섯 살이었다. 교인들에게 모범이 되기 위해서는 담임 목사님의 자녀가 일주일 내내 참여하는 것은 당연한 일. 그래도 어린 나이에 아이들이 얼마나 고단하겠는가? 다행히 아이들이 비교적 잘 따라주었다고 한다, 첫째 날, 둘째 날, 셋째 날까지는.

넷째 날이 되자 여섯 살짜리 딸아이가 간신히 일어나 눈을 비비면서 이렇게 푸념했다.

"어휴~ 목사 딸 되기 되게 어렵네."

그렇다. 누구에게나 극복해야 할 어려움이 있고 인간적인 한계가 있다. 하지만 그 한계를 솔직하게 인정하는 것과 그 한계를 부인하는 것에는 큰 차이가 있기 마련이다.

오늘을 살아가는 우리가 평소에 느끼게 되는 크고 작은 한계들은 어떤 것일까? 더러는 물질의 한계를 경험할 수도 있고, 더러는 관계의 한계나 건강의 한계도 경험한다. 한계의 모양이나 규모는 다양하지만 우리 모두 어느 누구도 예외 없이 한계를 안고 사는 것만큼은 분명한 사실이다.

중요한 것은 그 한계를 무시하거나 외면하기보다는 도리어 겸손하게 받아들이며 사는 방법을 배우는 것이 아닐까 싶다. 다시 말해, 한계와 친해지는 것이다.

인간으로, 그리고 인간답게 산다는 것은 한계에 부딪치는 것에서 그치는 것이 아니다. 인간답게 산다는 것은 한계를 바르게 보고, 끌어안는 것이다. 인생을 살면서 우리는 종종 삶의 한계를 느끼게 된다. 살다가 부딪히게 되는 현실의 벽은 불가피한, 리얼한 벽이다.

문제는 그 한계가 우리를 불편하게 한다는 것이다. 죽고 싶을 만큼 힘들게 한다는 것이다. 그렇기에 때로 우리는 악을 쓰며 현실을 피하려고 몸부림치곤 한다.

이러한 이유로 인해 시중에는 자기 한계를 뛰어 넘는 비결을 다루는 책들도 무궁무진하다. 그 내용들을 살펴보면 결국, 올바른 정신적 태도를 갖추거나, 좀 더 열심히 노력하거나, 자신을 위해 좀 더 투자를 하면 더 행복해질 수 있다는 것이다.

하지만 그 속에서 우리가 놓치기 쉬운 것은, 한계와 함께 찾아오는 예기치 못한 선물, 혹은 위안도 있을 수 있다는 사실이다. 한계는 불청객이 아니다.

우리가 평소에 한계를 바르게 바라보지 않을 경우, 자칫 한계가 존재하지 않는 듯 착각을 하거나 가장하며 살기 쉽다. 우리가 느끼는 한계는 우리를 불편하게 만들기 때문에 거기에서 도망치려는 경향이 있다. 불편하다 못해 고통스럽기 때문에 가급적이면 잊어버리려 하고 부정하고 싶게 만든다.

하지만 성숙한 인격을 이루고자 한다면, 우리의 경험을 긍정적이든 부정적이든 전부 인정해야 한다. 밝은 빛뿐 아니라 어두운 그림자도. 가능성뿐 아니라 한계까지도.

한계가 빚어내는 예술

위대한 예술가들의 작품일수록 한계 없이 만들어질 수 없다고 한다. 예컨대 사진을 찍는 기술도 마찬가지이다. 사진의 기본 원리 중에 하나는 피사체의 범위를 제한하는 것이다. 눈에 보이는 것을 모두 담으려면 작품다운 작품이 만들어질 수 없다. 결국 사진작가가 테두리(한계)를 두르고 그 한계에 충실할 때 사진은 작품으로 만들어지는 것이다.

그림을 그릴 때도 한계나 테두리는 똑같이 중요한 역할을 한다. 그래서 미술 도구 중에는 뷰파인더view finder라고 하는 도구가 있어 화가가 그리고자 하는 작품의 범위를 사전에 정해놓고 시작한다.

이런 의미에서 볼 때 한계라고 해서 무조건 부정적인 것이 아니라 경우에 따라 건설적인 것이 될 수 있다.

우리에겐 수많은 한계가 있다. 지식의 한계, 성취의 한계, 물질의 한계, 낙관의 한계, 건강의 한계 등. 누구에게나 한계는 존재하기 마련이고, 경우에 따라 이러한 한계들이 한꺼번에 몰려오는 듯한 경험을 할 수도 있다.

하지만 중요한 것은 우리가 직면하는 한계 그 자체가 아니라 그 한계를 겸손하게 그리고 적극적으로 끌어안는 것, 즉 거기에 어떻게 반응하느냐에 달린 것이다.

한계는 오히려 어려움을 극복하거나 새로운 발돋움 즉, 한 단계 성장할 수 있는 계기가 된다. 《일단 저질러봐》의 저자는 중학교 시절 영어 시험 98점에 한계를 느꼈지만 선생님께서 영어 교과서를 통째로 외워오는 학생에겐 무조건 100점을 준다는 말씀에 도전한다. 목숨 걸고 외우기에 성공. 결국 100점은 물론 공책 100권을 선물받는다. 그 뒤로 선생님은 '무서운 아이' 라는 별명을 붙여주셨다고 한다.

단순성의 법칙
계산하지 않는다

하루는 어느 할머니가 손자에게 천국에 대해 설명해주고 있었다. 할머니는 어린아이의 눈높이에 맞게 성경을 쉽게 가르쳐주셨다.

"하늘나라에는 아픈 것도 없고, 숙제도 없고, 맛있는 과일만 잔뜩 있단다. 그래서 네가 좋아하는 바나나도 얼마든지 먹을 수 있지."

그러자 손자가 말했다.

"천국이 정말 그렇게 좋아?"

손자의 질문에 할머니는 고개를 끄덕이면서 자신 있게 대답하신다.

"암, 그렇게 좋다니까."

바로 그때 손자가 하는 말.

"그럼 할머니 빨리 천국 가!"

어린아이들은 생각이 복잡하지 않고 정말이지 단순하다. 이것이 우리가 아이들을 좋아하는 대표적인 이유 중에 하나이기도 하다. 그러나 어른이 되어가면서 우리는 그 단순성을 점점 잃어가게 된다. 결국 시간이 흐르면서 계산적이 된다. 돈도 계산하고, 시간도 계산하고, 관계도 계산한다. 때로는 너무나 계산적이 되어버린 끝에 아예 인간미를 잃게 되는 경우도 종종 있다.

반대로 아이들은 짜증날 정도로 단순하다. 너무나 단순한 나머지 우리를 깜짝 놀라게 하는 경우도 흔하다.

어느 집안의 다섯 살짜리 아이가 손님을 위해 정성껏 차려진 간식을 자꾸만 주워 먹는다. 그것도 어른들이 계신 자리에서 말이다. 손님들이 있는 자리에서 아이를 혼내주는 것도 한계가 있었기에 엄마는 점점 더 난처해지면서 은근히 스트레스를 받게 되었다. 말려도 듣지 않고 자꾸만 버릇없이 주워먹는다. 결국엔 엄마도 지쳐서 포기한다.

하지만 손님들이 떠나자마자 엄마는 그만 폭발해버린다. 뚜껑이 열릴 정도로 화가 난 엄마는 아들 녀석을 부른 뒤에

"그럴 수가 있느냐"며 매를 들었다.

그런데 이젠 그 녀석이 훌쩍훌쩍 울기 시작한다. 그래도 엄마는 다그치며 우는 아들을 향해 매를 들어야만 했던 이유를 묻는다.

"너 왜 엄마한테 매를 맞는지 알지?"

아들은 "그렇다"고 고개를 끄덕이며 대답한다. 그러자 엄마는 확인차 다시 묻는다.

"그럼 말해봐. 네가 뭘 잘못해서, 왜 엄마한테 매를 맞는 건지 어서 말해봐!"

그 아이 대답이 걸작이다.

"재수 없어서."

그 엄마는 매를 다시 들었다고 한다.

내 생각엔 재수 없다는 말을 평소에 집안에서 아빠한테 많이 듣지 않았나 싶지만, 그것은 어디까지나 나의 추측일 뿐이다.

우리는 때때로 어린아이들의 단순함에 놀란다. 그러나 아이들에겐 흔한 이 단순함이 우리에겐 잃어버린 기술이기도 하다. 물론 아이들도 조금씩 나이를 먹기 시작하면서 돈에 대한 개념이 생기거나 자기 것에 대한 관심이 많아지면 상황이

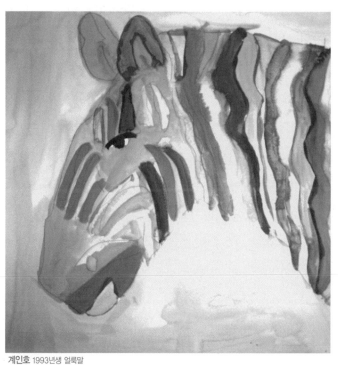

계인호 1993년생 얼룩말

우리는 때때로 어린아이들의 단순함에 놀란다
그러나 아이들에겐 흔한 이 단순함이
우리에겐 잃어버린 기술이기도 하다

달라지지만, 돈 개념이나 자기 물건에 대한 개념이 없는 어린 아이들은 사심이 없고 욕심이 전혀 없어 보인다. 그렇게 순수한 아이들을 이용하거나 오염시켜서는 안 되겠지만, 어른들이 그만큼 아이들을 감쪽같이 속일 수 있는 이유도 바로 여기에 있다고 본다.

세상에 완벽하게 감출 수 있는 것은 없다는 말처럼, 언젠가는 나도 아이들에게 고백해야 될 일이 몇 가지 있다. 그 중에 하나는 속임수로 돈을 맞바꾼 일이다. 물론 규모가 그렇게 크지는 않았어도 따지고 보면 나는 아이들의 돈을 상습적으로 훔친 전과(?)가 있는 셈이다. 아이들이 할아버지한테 5,000원이나 만 원 용돈 받은 것을 중간에 가로챈 적이 있다. 물론 요즘 아이들은 돈에 밝아서 쉽게 넘어가지 않는다. 하지만 아직 돈의 가치를 모르는 꼬마에게 1,000원짜리 석 장을 건네주면서 "너는 지금 한 장 밖에 없지만, 그것 한 장을 주면 내가 가진 석 장과 바꿔주겠다"고 하면 작전에 넘어가지 않는 아이가 거의 없다. 하지만 그 방법도 너무 많이 이용해서 이제는 좀처럼 속지 않는다.

분명 머지않아 아이들에게 나쁜 아빠로 찍히게 될 확률이 높지만 아이들의 단순함이나 무지함에 우리는 은근히 매력을 느낀다. 하지만 매력을 느끼는 진짜 이유는 나에게 없는 것이 보이기 때문이다. 나에게 없는 단순함이 보이고, 그것을 흉내 내고 싶은 것이다.

어린아이들과 나를 비교하다 보면, 나는 한없이 슬퍼지기 시작한다. 하지만 나의 슬픔은 거기서 그치는 것이 아니다. 나 하나만의 이익과 만족을 채우기에 급급한 이기적인 모습을 조금만 확대하면 우리 주변의 세상 돌아가는 모습과 뭐가 다르겠는가.

선물로 받은 골프클럽

골프 선수 아널드 파머Arnold Palmer가 한번은 사우디아라비아에서 시범 경기를 펼쳤다. 그 당시 사우디아라비아의 왕은 너무나 감동한 나머지 파머에게 선물을 주겠다고 했다. 그러자 파머가 말했다.

"폐하, 선물은 필요 없습니다. 이곳에 초대해주신 것만으로도 제게는 영광입니다."

그러자 왕은 실망스러워하며 말했다.

"그대가 내 선물을 받지 않겠다면 나는 몹시 불쾌할 것이오."

파머는 잠시 생각한 끝에 대답했다.

"좋습니다. 그렇다면 골프클럽(골프채)를 주신다면 폐하의 나라를 방문한 가장 멋진 기념품이 될 것 같습니다."

다음 날 파머의 호텔로 배달된 것은 골프채가 아니라, 골프클럽(골프장)의 소유권이었다. 몇 만 평 넓이에, 나무와 호수와 클럽하우스가 갖추어진 골프장을 선물받았던 것이다. 파머는 골프채 하나를 생각했건만, 사우디아라비아의 왕은 골프장을 생각했던 것이다. 그렇다. 어린아이같이 한량없이 단순한 마음이 때때로 상상을 초월하는 결과를 낳게 되기도 하는 것이다.

상상력의 법칙
불가능을 모른다

어느 가정에 네 살 된 서희라는 조카가 있었다.

서희는 입버릇처럼 자기는 이모부와 결혼할 것이라고 말하기로 유명하다. 그날도 이모를 만난 서희는 같은 말을 반복했다.

"나는 이다음에 이모부와 결혼할 거야."

듣고 있던 이모가 자세히 설명을 해주었다.

"이모부는 이모와 결혼했기 때문에 서희와는 결혼할 수 없는 거야."

그러자 네 살 서희는 눈을 동그랗게 뜨고 물어본다.

"왜 결혼했는데?"

"두 사람이 사랑했으니까 결혼했지."

"왜 사랑했는데?"

이런 식으로 대화가 한참 동안 진행되자 이젠 귀찮다는 듯이 이모가 말했다.

"이모가 이모부에게 잘해줘서 결혼한 거야."

서희는 잠시 뭔가 생각하는 눈치더니 조금 뒤에 이렇게 말하는 것 아닌가.

"도대체 무슨 과자를 사줬는데?"

어린아이들의 상상력은 무한한 잠재력을 지니고 있다는 것을 우리는 잘 알고 있다. 어린아이들은 그만큼 생각이 자유롭고 유연하기 때문이다. 그 상상력은 때때로 우리를 깜짝깜짝 놀라게 한다. 어린아이들의 사전에는 어쩌면 불가능이라는 단어가 없다는 생각마저 든다. 그만큼 상상력이 풍부한 어린아이들로부터 우리가 배울 수 있는 교훈도 결코 적지 않다.

어느 할아버지가 손녀와 이런저런 이야기를 정겹게 나누고 있었다.

"할아버지. 나는 누가 만들었어?"

"그야 물론 하나님이 아빠랑 엄마를 통해 만드셨지."

그러자 손녀가 또 묻는다.

"그럼 할아버지는 누가 만들었어?"

"할아버지도 하나님이 만드셨지."

그런데 이번엔 손녀가 한참 동안 아무런 반응이 없다. 궁금한 할아버지가 묻는다.

"아니, 뭐가 이상해?"

그러자 뭔가 곰곰이 생각하던 손녀가 얼굴이 환해지면서 말한다.

"알았다. 하나님 솜씨가 처음엔 좋지 않아서 할아버지를 쭈글쭈글하게 만드신 거고, 나는 솜씨가 그만큼 좋아져서 이렇게 예쁘게 만드신 거구나!"

할아버지는 할 말을 잃으셨다.

우리네 어른들은 상상력이 굳어버리는 경우가 많다. 그러다가 결국엔 꿈도 의욕도 잃게 되는 것은 아닌지 모르겠다.

반대로 아이들의 세계는 늘 에너지덩어리이다. 아이들의 상상력은 가늠하기가 어렵다. 만일에 우리의 상상력이 바닥을 치고 있다면 이제는 어린아이들에게 겸손히 배울 때가 아닌가 싶다. 아이들의 상상력은 날마다 새롭고, 우리에게 한없는 도전이 되기 때문이다. 지금이라도 늦지 않았다. 우리의 꿈이 고갈되거나 의욕이 메말라버리는 것을 원하지 않는다면 지금이라도 배우자.

아이들의 상상력이 때로는 어처구니없을 때도 있지만, 대부분의 경우에는 우리의 몸과 마음을 살찌운다.

밤에 잠자리에 들기 전 아이들과 기도할 때 아이들을 보호해달라는 기도를 했더니, 아이들은 하나님이 우리를 밤마다 지켜주는 일만 한다고 믿는다. 그래서 하나님은 밤에 도둑을 잡는 일로 늘 바쁘시다나?

어느 날 하루는 둘째가 느닷없이 그럼 하나님이 낮에는 뭘 하느냐고 묻는다. 잘 모르겠다고 대답하자 자기는 답을 안다고 한다. 그러고는 낮에는 일하러 가시고 밤에는 집에서 도둑을 잡으신다고 일러준다.

상상력이란

　정확한 의미의 상상력이란 없는 것을 보는 것이 아니라고 이철환 작가는 《못난이 만두이야기》에서 말한다. 오히려 있는 것을 자세히 들여다보는 것, 상식적인 것들을 한 번쯤 뒤집어 생각해보는 것이 상상력의 시작이라는 뜻이다.

　평소에 우리에게 상상력이 부족한 이유 중에 하나는 상식적인 것을 뒤집어보는 것 자체가 힘겹고 버겁기 때문이다. 우리의 생각이 굳어져버릴수록 우리는 상상을 못한다. 그런 의미에서 오히려 상식적인 것을 뒤집어보는 유연함이야말로 어린아이들의 대표적인 특징 중에 하나라고 생각한다. 한 번쯤 뒤집어 생각해보는 것, 그것은 어린아이들이 우리에게 주는 선물이라고 해도 과언이 아닐 것이다.

　어린아이의 눈으로 보는 것, 그것이 바로 상상력이기 때문이다.

절대 신뢰의 법칙
믿음이 뛰어나다

어린아이일수록 믿음이 뛰어난 이유는 왜일까? 대부분의 아이들이 엄마나 아빠의 말을 전혀 의심하지 않고 있는 그대로 받아들인다. 아이들의 이런 모습이야말로 얼마나 순진하고 아름다운 모습인지 모른다. 특히 아이들과 함께 놀 때, 풀장에서 물속에 있는 엄마나 아빠에게 과감히 자신을 던지는 모습을 목격할 수 있다.

수영을 배우기 위해서는 물에 대한 두려움 혹은 공포감을 극복하는 것이 첫 단계다. 큰아이가 수영을 배울 때의 일이다. 내가 물속에 먼저 들어가서 아이에게 뛰어들어도 괜찮다고 말했다.

"아빠가 잡아줄 테니까, 괜찮아. 아빠만 믿고 뛰어들면 돼, 알았지?"

처음엔 머뭇거리는 듯하다가 얼마 지나지 않아 아이는 나에게 시선을 집중하며 물속으로 뛰어들었다. 그때의 그 모습이 어찌나 대견스러웠는지 모른다.

위험을 무릅쓰고 점프를 하면서까지 자신을 맡기는 어린 아이들은 우리에게 신뢰의 법칙을 가르쳐준다. 신뢰하면 두려움과 공포가 사라진다. 신뢰에는 두려움을 이겨내는 힘이 있다. 하지만 우리는 나이를 먹어갈수록 서로를 신뢰하지 못하는 경우가 얼마나 많은가?

그러나 엄밀히 따지면 우리는 사실 매일같이 믿음을 반복하는 생활을 하면서 살아가고 있다.

우리들 대부분은 밤에 잠자리에 들 때 다음 날 아침에 일어나 새로운 하루를 맞이하게 될 것을 의심하지 않는다.

아침에 일어나 식탁에 올려진 음식을 먹기 위해 의자를 꺼내 자리에 앉을 때도 그 의자가 나의 적잖은 몸무게를 지탱해줄 것을 믿고 앉지, 그 의자가 얼마나 튼튼한가를 매번 확인한 뒤에 앉는 경우는 없다.

몸이 아파 병원에 찾아가 의사 선생님의 진단을 받은 후

처방해주는 약을 우리는 무조건 믿고 먹지 않는가?

하루 세끼 음식을 먹을 때에도 그 음식에 무엇이 들어 있는지, 유해 물질이 있는지 하나하나 확인하면서 먹는 사람은 거의 없다. 반대로 우리는 그 음식이 나에게 피가 되고 살이 될 것을 믿고 환영하는 마음으로 먹는 것이다.

바로 그렇게 어린아이들은 엄마나 아빠가 하는 말을 신뢰하면서 서슴없이 반응하는 모습을 찾아볼 수 있다. 물론 점점 더 나이가 들면서 '머리가 커지면' 그와 같은 절대 신뢰의 모습은 조금씩 사라지게 되지만, 적어도 그 짧은 기간만큼은 우리에게 적지 않은 행복감을 안겨주는 것을 경험할 수 있다.

아이들이 스키를 처음 배울 때 먼저 레슨 과정을 마치고 초급과 중급 슬로프를 성공적으로 거쳐 결국 상급 슬로프까지 도전한 기억이 있다. 처음에는 내가 보기에도 내려가기 두려울 정도로 경사진 만만치 않은 슬로프였지만 엄마와 아빠가 먼저 내려가는 모습을 보고는 곧바로 뒤따라 내려오는 아이들의 모습을 지켜볼 수 있었다. 처음엔 약간 두려운 마음이 있을지 몰라도 결국 엄마나 아빠가 앞서 가서 기다려줄 때 자기도 따라할 수 있다는 단순하고 순수한 믿음이 저들에게 있었기 때문이다.

어린아이들이 스키를 처음 배울 때 대부분의 아이들에게는 두려움이 없기 때문에 빨리 배운다는 설명을 들은 적이 있다. 하지만, 내가 보기엔 두려워하는 모습이 역력히 보여도 내가 믿을 만한 상대가 내 앞에 있을 때 아이들은 그 두려움을 극복할 수 있는 것이 아닐까 싶다. 두려움은 비록 있을지라도 내가 믿고 신뢰할 수 있는 상대만 있다면 그 어떤 일도 도전해볼 만한 가치가 있다고 믿기 때문이다.

바하마의 한 신부가 들려주는 이야기 중에는 2층 집에서 불이 난 사건에 대한 일화가 있다. 엄마와 아빠, 그리고 자녀들이 불길에 휩싸이게 될 위급한 상황에서 하나같이 1층을 향해 달려나가고 있었다. 가족은 이제 성공적으로 탈출할 수 있을 것 같았지만 문제는 그 중에 가장 어린 남자아이가 엄마 아빠를 따라 계단을 내려가다 말고 겁에 질린 나머지 어느새 2층으로 다시 뛰어올라가 버린 것이다.

가족이 이미 밖으로 뛰쳐나왔을 때 막내가 뒤따라 나오지 못한 것을 비로소 알게 되었고 결국 2층 창문에서 나오는 뿌연 연기 사이로 아이는 정신 나간 사람처럼 울고 있었다. 그때 아빠는 건물 밖에서 2층을 향해 아들에게 큰 소리로 말했다.

"뛰어내려, 아들. 뛰어!"

그때 아이가 울면서 말했다고 한다.

"하지만 아빠, 아빠가 보이질 않아요."

그러자 아빠는 침착하게 다시 아들을 향해 힘차게 말했다.

"그래도 괜찮아. 왜냐면 아빠는 네가 보이거든."

이야기 속의 아이가 성공적으로 뛰어내렸는지는 모르겠다. 하지만 믿음의 대상이 분명할 때 아이들은 비교적 쉽게 자신을 맡기는 것을 나도 경험을 통해 확인할 수 있었다.

어린아이들에게 있어 믿음은 어려운 일이 아닌 것 같다. 그렇기 때문에 상대방을 신뢰할 수만 있다면 거기에 자신을 전폭적으로 맡길 수 있는 것이다.

의심과 믿음

〈다우트Doubt〉라는 할리우드 영화는 신부님을 끝까지 의심하고 믿지 못하는 어느 수녀님에 대한 이야기이다. 신부님은 늘 방어적인 역할을 취하고, 수녀님은 늘 공격적인 역할을 취한다. 불신의 씨앗이 점점 더 커지게 되면서 결국 수녀님은 신부님을 성당에서 밀어내는 일에 성공하고 자화자찬하는 모습을 보여준다. 하지만 영화가 진정 보여주려고 하는 것은 끝까지 상대방을 믿지 못해 고통스러워하는 수녀님의 모습이다. 그런가 하면 영화 속에 등장하는 또 다른 수녀님은 신부님을 끝까지 믿어주고 신뢰한다. 영화는 의심과 신뢰 사이의 긴장감 넘치는 이야기를 다루고 있다.

물론 상대방에 대한 아무런 사전 지식이나 경험도 없이 맹목적으로 누군가를 믿는다는 것은 위험천만한 일이다. 그러나 우리가 서로를 불신하는 것은 사실상 너무나 쉬운 일이고 이와 같은 모습이 믿음을 강조하는 교회 안에도 만연하다는 사실을 영화는 역설하고 있다.

꿈의 법칙
꿈을 먹고 산다

과거에 만족하기보다는 꿈을 더 크게 가져라.

더글러스 아이베스터Douglas Ivester(코카콜라 사장)

꿈을 가져라. 그러면 어려운 현실을 이길 수 있다.

라이너 마리아 릴케Rainer Maria Rilke

어린아이들에게 "어떤 꿈이 있느냐?"고 물을 때 우리는 종종 거창한 답을 들을 때가 있다. 대통령이 되고 싶다든지, 우주 탐험가가 되고 싶다든지 등등. 그런가 하면 선생님이 되고 싶다든지, 어려운 이웃을 돕고 싶다는 아이들도 있다.

하지만 그 답이 아무리 거창하든 소박하든 관계없이, 꿈은 꿈이지 다른 것이 아니다. 중요한 것은 꿈을 가지고 있다는 것, 그 자체이다.

얼마 전부터 나는 오토바이에 대한 관심이 생기기 시작했고 그 뒤로는 한동안 눈에 오토바이밖에 보이질 않았다.

기도의 응답(?)이었는지 결국엔 오토바이를 배울 수 있는 기회가 우연찮게 주어졌다. 그로부터 얼마 뒤에 면허증을 따기 위해 공부한 끝에 필기와 실기 시험을 거쳐 오토바이 면허를 발급받았다.

면허를 발급받은 것은 2008년 가을이었지만 그래도 오토바이는 그림의 떡이나 마찬가지였다. 그런데 그 이듬해인 2009년, 경부선 옆의 어느 오토바이 매장 앞에 걸려 있는 큰 광고 문구를 우연히 보게 되었다.

"2009년 당신의 꿈은 이루어질 것입니다."

그 이후로 믿기지 않는 일들이 빠른 속도로 진행되면서 결국 그렇게 꿈꿔오던 오토바이를 구할 수 있게 되었다.

평소에 꿈을 갖는 것도 중요하지만, 그 꿈을 이루기 위해서는 나를 움직이는 노력도 무시할 수 없다. 그 꿈을 향해서 나 자신을 조금씩 움직일 때, 서서히 그 꿈은 현실로 다가오는 것이다. 하지만 우두커니 앉아만 있다면 꿈은 꿈으로 끝나

꿈은 우리로 하여금 단순히
미래를 상상하게 하는 것만이 아니라,
지금보다 더 나은 미래를 상상하게 하는 특별한 힘이다

계인호 1993년생 친구들

버릴 수도 있다.

오늘 나는 과연 어떤 꿈을 꾸고 있는가?

송길원은 자신의 아들에게 이렇게 도전을 주고 있다.

아들아! 죽는 날까지 꿈꾸기를 포기하지 마라. 매일 꿈을 꾸어라. 꿈꾸지 않는 사람은 아무것도 얻을 수 없으며, 오직 꿈꾸는 자만이 비상할 수 있다. 꿈에는 한계가 없다. 마음껏 꿈꿔라. 꿈을 꾼다는 것은 살아 있다는 증거이고 사람이 살아 있는 동안에 반드시 해야 할 의무이자 권리이다.

《나를 딛고 세상을 향해 뛰어올라라》(한국경제신문사) 중에서

꿈은 우리로 하여금 단순히 미래를 상상하게 하는 것만이 아니라, 지금보다 더 나은 미래를 상상하게 하는 특별한 힘이다. 더구나 내가 그 꿈의 한복판에 서 있을 수 있다는 가능성은 우리를 흥분시킨다.

그런 의미에서 꿈은 우리가 있는 삶의 자리에서 우리를 움직이게 하는 에너지다. 내일을 향해 오늘 나를 움직이는 내면의 힘이다. 방향은 내일이지만 순서는 오늘 여기부터인 셈이다.

그만큼 꿈은 적극적인 것이지 소극적인 것이 아니다. 꿈은

구체적인 것이지 추상적인 것이 아니다. 사람은 '꿈을 먹고 사는 존재'다. 그리고 사람마다 꿈의 있고 없음에는 적지 않은 차이가 있다.

Dreamisnowhere이란 문장을 읽어보라. 이 문장을 읽는 두 가지 방법이 있다고 한다. 첫 번째는 dream is nowhere 즉, 어느 곳에도 꿈이 없다는 의미다. 하지만 두 번째는 dream is now here 즉, 꿈은 지금 내 곁에 있다는 의미다. 그만큼 꿈은 바라보기 나름 아닐까.

만일 꿈이 없다면 소망은 없다. 꿈이 없다면 내일도, 미래도 없다. 꿈이야말로 우리를 움직이는 에너지이자, 내일을 설계하는 인생의 설계도이다.

총각네 야채가게를 움직이는 힘

《총각네 야채가게》라는 책은 이영석이라는 분이 운영하는 야채가게에 대한 내용으로, 작지 않은 감동을 주는 책이다.

그는 평소에 새벽 세 시에 일어나서 가장 먼저 가락동의 농수산물 시장으로 나간다고 한다. 시장에 도착하면 산더미 같이 쌓여 있는 야채와 과일을 살피기 시작한다. 그것도 과도를 하나 들고 이것저것 잘라서 맛을 보면서 가장 신선한 것을 살피고 고르는 작업을 하는 것이다.

처음엔 상인들에게 미친놈이라고 핀잔을 받기도 했지만 이제는 상인들도 이해해준다고 한다. 그만큼 그를 신용하는 이유는 그는 외상으로 사는 경우가 없고 맛있다고 판단되는 과일은 몽땅 구입해가기 때문이다.

마음에 드는 야채나 과일을 고르기 위해 그는 중단하는 법이 없다고 한다. 심지어는 하루도 거르는 일이 없을 정도다. 수박을 고르면 다음엔 참외가 있는 곳으로 가고, 그다음엔 다른 과일이 있는 곳으로, 그렇게 7~8시간을 다니는 것이다. '손님의 입맛에 맞는 과일을 고르면 성공한다.' 이것이 그의 확신이자 매일 아침 그를 움직이는 힘이다.

그 일을 위해 그는 끈질긴 노력을 아끼지 않고 멈추지 않는다고 한다. 끈질김과 집중력이 그의 야채 가게를 유명하게 만들어서 그의 가게를 찾는 손님들은 값이 좀 비싸도 의심하지 않고 과일과 야채를 산다.

지금은 하루 매출이 엄청나다고 한다. 그래도 그는 오늘도 지치는 법이 없다. 맛있는 과일과 야채를 고르기 위해 끈질기게 집중하는 것이다. 그에겐 가장 맛있는 야채와 과일에 대한 꿈이 있기 때문이다.

오늘 나를 앞으로 가게 하는 원동력, 나를 움직이게 하는 꿈은 무엇인가?

무지함의 법칙

모르는 게 더 많다

어린아이들이 어린아이다운 이유 중에 하나는 아는 것보다 모르는 것이 더 많기 때문이다. 물론, 천재성을 갖고 태어나는 어린아이들도 있지만 그런 아이들은 소수라는 것을 우리는 잘 알고 있다.

만일 평범한 아이가 너무 많은 것을 안다면 그 아이에게서 어린아이다움을 찾아보기가 그만큼 어렵지 않을까 싶다. 어린아이는 모르는 것이 많기 때문에 어린아이인 것이다. 그것이 오히려 정상적이다.

어느 학교의 미술 시간에 있었던 시험 문제라고 한다.

질문은 "보라색 물감이 떨어졌을 때 보라색 물감을 쓸려면 어떻게 해야 할까요?"라는 질문이었다.

어느 아이가 적은 답은 다음과 같았다고 한다.

"빌려 쓴다."

아마도 선생님이 기대한 답은 '빨강색과 파랑색을 섞어서 보라색을 만든다'였을 것이다. 그러나 그런 색깔에 대한 개념을 모르거나 질문의 의도를 몰랐던 아이에게는 당연히 빌려 쓰는 것이 정답이었을 것이다.

어쩌면 내 것이 없으면 어떻게든 내가 알아서 해결하고자 하는 독립적인 사고보다는, 내가 없으면 친구 것을 빌려 쓰면 된다는 공동체적 사고가 아이에게는 더 자연스러운 것일지도 모른다.

그렇다. 아이들은 모르기 때문에 아이들이다. 무지하기 때문에 아이들인 셈이다. 그리고 겸손하게 모르는 것을 모른다고 대답하는 것이 모르는 것까지 아는 척하거나 둘러대는 것보다는 훨씬 더 나은 것 같다.

어른들도 사실은 아는 것보다 모르는 것이 더 많지 않은가? 물론 어린아이들이 볼 때 우리는 마치 신에 가까운 존재로 보이기 마련이다. 하지만 알고 보면 우리도 모르는 것투성이다. 모르는 것이 너무나도 많다.

중요한 것은 모르는 것은 모른다고 인정하는 겸손이 아닐까 싶다.

미 대륙 개척 초기의 일이다. 신대륙을 개척한 미국인들이 원주민인 인디언들을 정복하고 때로는 원주민 보호 구역으로 인디언들을 이주시키고 때로는 미국인들 속에 인디언들을 동화시키기도 했다. 인디언들을 서구식 교육 제도로 교육시키는 과정 중에 이런 일이 있었다고 한다.

한번은 시험을 치는데, 아주 어려운 문제가 나왔다. 그러자 시험을 치던 인디언들이 일어나더니 서로 모여서 머리를 맞대고 그 문제를 함께 풀기 시작하더라는 것이다. 그래서 시험을 감독하던 선생님이 "아니, 시험 치다 말고 뭐하는 일이냐? 문제는 혼자 풀어야지 왜 같이 의논해서 푸느냐?" 물었다.

그러자 인디언들이 이렇게 대답했다고 한다.

"아니, 어려운 문제일수록 머리를 맞대고 의논해서 함께 풀어가야지, 어떻게 어려운 문제를 혼자 해결하려고 한단 말입니까?"

서구의 개인주의적 사고방식과 인디언들의 공동체적 사고방식은, 문제 해결방법에 있어서 이렇게 극명한 대조를 보여준다. 모르는 것은 모른다고 하고 함께 알아가려는 것, 그것이 바로 알아가는 지름길이 아니겠는가?

아빠의 피아노 솜씨

어른들은 어딘가 모르게 '아는 척' 하는 것을 좋아하는 면이 더러 있다. 어쩌면 인정받고 싶어 하는 우리의 욕구에서 비롯되는 것인지도 모르겠지만, 모르는 것도 안다고 말하는 경우가 있는 것도 바로 이러한 이유에서이다. 하지만 그것이 지나치면 오히려 화살이 우리 자신에게 돌아올 수 있기 마련. 내가 모르는 것에 대해 솔직하게 '모른다'고 말하는 것이 왜 그렇게 힘겹게 느껴지는 것일까?

우리 아이들이 피아노를 한참 배울 때의 일이다. 첫째는 그동안 배워둔 것이 있어 뭘 알지만 둘째는 피아노를 배운 지 얼마되지 않았을 무렵, 하루는 내가 건반 앞에 앉아 있는 폼 없는 폼 다 잡아가면서 〈아리랑〉을 멋들어지게 반주하고 있었다.

그때 둘째 아이가 놀라면서 아빠는 피아노를 언제 배웠냐고 묻는다. '아빠가 피아노 치는 줄 몰랐는데, 놀랐다'는 말에 순간적으로 어깨가 으쓱해지는 느낌이었다고 할까?

하지만 그 재미는 결코 오래가지 않았다. 옆에 있던 큰 아이가 갑자기 동생한테 이렇게 말하는 것 아닌가.

"아빠는 그것밖에 칠 줄 몰라."

내가 치는 피아노는 치는 게 아니라는 말이다. 어깨에 힘이 그렇게 빨리 빠져나가는 것을 경험하기는 처음이 아니었나 싶다.

아는 척, 잘난 척, 가진 척, 예쁜 척, 척척척…… 하는 것이 우리네 모습이다.

하지만 진정한 인간미는 '모르는 것'에 있지 않을까?

아는 척을 하면 때때로 피곤해지기 쉽다. 손해를 볼 수도 있다. 모르면 모른다고 하는 것, 그것이 지혜다.

집중력의 법칙
작은 것에도 흥분한다

어린아이들의 특징 중 하나는 작은 것에도 쉽게 흥분한다
는 점이다. 작은 풀잎이나 벌레를 보아도 흥분하고 무지개나
강아지를 보아도 어른들과 달리 반응하는 모습을 발견할 수
있다. 어린아이들은 놀이터의 그네를 타는 것만으로도 기뻐
하고 바닷가의 모래사장만 봐도 쉽게 흥분한다.

하지만 나이가 들수록 우리는 작은 것을 쉽게 놓치며 산
다. 밤하늘의 작은 별도 놓치고, 아름다운 무지개도 놓친다.
그것들은 어쩌면 우리에게 너무나 작게 보이고 사소하게 느
껴지기 때문인지도 모르겠다.

얼마 전에 미국의 미시간 주에 있는 어느 한인 교회를 방
문한 일이 있었다. 하지만 예배 시간이 길어지면서 지루함을

참지 못하는 둘째 아이가 예배를 자꾸만 방해하는 것 같아 교회 놀이터에 잠깐 데리고 나갔다.

그렇게 그네를 태워주면서 뒤에서 밀어주는데 갑자기 둘째 아이가 나에게 건너는 말. "아빠, 하늘 좀 봐. 멋있지?"라고 하는 것이다. 그 순간에 나도 하늘을 바라보면서 그 어느 예배보다 예배다운 예배를 드릴 수 있었던 것 같다.

우리는 너무나 바쁜 나머지 온종일 하늘 한번 제대로 올려다보지 못한 채 그 멋진 하늘, 그 멋진 작품, 그 멋진 세계를 놓치는 경우가 얼마나 많을까?

집중력은 한 가지 것에 우리의 몸과 마음을 쏟는 것이라고 할 수 있다. 집중력은 보잉 747 쇳덩이를 조종사로 하여금 땅과 하늘을 오르내리게 할 수 있는 능력이고, 골프 선수 타이거 우즈가 22피트짜리 퍼팅을 성공하게 하는 능력이자, 아기를 가진 엄마로 하여금 해산의 고통을 이기게 하는 힘이다.

어쩌면 이 세상에는 작은 것 하나로, 혹은 작은 것 하나하나의 집합으로 이루어진 것들이 한두 가지가 아님을 알 수 있다. 바닷물에 녹아 있는 소금의 농도는 3퍼센트밖에 되지 않는다고 하지만 3퍼센트의 소금이 있기 때문에 바닷물이 짠맛을 유지할 수 있고 바닷물로 존재할 수 있게 해주는 것처럼 말이다.

마찬가지로 100년은 수십 년으로 이루어지고 10년은 여러 해로 이루어지며, 1년은 여러 달로 이루어지고, 한 달은 여러 주로, 한 주는 여러 날로, 하루는 몇 시간으로, 한 시간은 몇 분으로, 그리고 1분은 몇 초로 이루어지듯 큰 것을 만드는 것은 작은 순간들 아닌가?

뿐만 아니라 작은 시냇물이 모여 강줄기를 이루고 바다로 흘러들어 바닷물이 되는 것도 마찬가지다.

거대한 항공모함을 움직이는 것은 물 밑에 잠겨 있는 작은 '스크루'라고 한다. 때로는 보이지 않는 부분이 전체를 움직이는 것처럼 오대양을 누비는 항공모함의 위용은 보이지 않는 스크루의 힘 때문이다.

배를 운행하려면 키를 잡아야 되는 것도 마찬가지 원리이다. 키는 배의 방향을 조종하는 자그마한 장치이지만 제 아무리 커다란 배라 하더라도 작은 키 하나가 방향을 잘못 잡으면 위험에 처할 수 있는 것이다.

미국 샌프란시스코의 금문교도 마찬가지다. 매년 수백만 대의 차량이 지나다니는 금문교를 지탱하는 힘은 가느다란 철사들이라고 한다. 1933년에 착공하고 1937년에 준공한 이다리를 지탱하는 케이블 하나는 2만 7,572개의 가는 철사로 만들어졌다고 한다. 미국 토목학회에서 7대 불가사의의 하나로 꼽는 금문교는 가는 철사로 만들어진 것이다.

무시해선 안 될 것들

《혼자만 잘 살믄 무슨 재민겨》(현암사)의 저자 전우익 선생님은 다음과 같은 글을 쓴 바가 있다.

제가 거처하는 방에 글씨 한 폭이 걸려 있습니다. '한울삶' 이란 것인데 언젠가 이런 생각을 해봤어요. 삶 자에서 가장 작은 점 하나 떼어보자고 그랬더니 슮이 돼요. 슮이란 사전에도 없는 아무것도 아니래요. 확실히 슮은 슮인데 말입니다. 그런데 거기에 작은 점 하나 찍으니 '삶' 자기 되어요. 삶에서 점 하나가 얼마나 중요한지요? 점 하나는 누구나 뗄 수도 찍을 수도 있을 것 같습니다. 큰 힘 들 것도 없습니다. 그러나 점 하나가 삶이 되고 뒤범벅이 되는 큰일을 하는 건 마치작은 씨가 큰 나무로 자라나는 이치처럼 느껴지기도 합니다. 뒤범벅이 삶이 되어 사람을 바꾸고 사람이 바뀌면 세상이 바뀌는 게 아닐까생각해보면서 아주 작고 작은 일에 서로 부담감 주지 않고, 소리 없이 눈에 띄지 않는 작은 일을 하는 사람들이 많이 생겨나기를 올 봄의 소원으로 삼고 있습니다.

겉으로 보기에는 어쩌면 보잘것없어 보이는 것들 속에서 우리는 특별함, 혹은 소중함을 찾아볼 수 있기 마련이다. 어린아이들은 작은 것에서 커다란 보물을 찾아내는 남다른 재주가 있지 않나 싶다.

그만큼 관찰력이 뛰어난 것일까? 아니면 우리 어른들이 평소에 작은 것에 너무도 무관심한 탓일까?

일상의 작은 것 속에서 특별함을 발견할 수 있고 평범한 것에서 무궁한 가치를 볼 수 있다면 우리는 그만큼 더 행복해질 수 있을 것이다. 작은 벌레 한 마리, 혹은 길가의 꽃 한 송이도 관찰자에 따라 그 가치는 달라진다고 할 수 있다. 우리가 평소에 보고 스쳐 지나가는 수많은 것들이 있지만 조금 더 눈여겨본다면 분명히 우리는 그 속에서 남들이 찾지 못한 보물을 발견할 것이다.

가능성의 법칙

잠재력이 넘친다

어린아이들에 비해 어른들은 상대적으로 쉽게 포기하는 경향이 있지 않나 싶다. 어른들은 도전을 망설인다. 돌다리도 두들겨 보고 건너라는 우리 속담 역시 어린아이들이 아닌 어른들에게 해당되는 표현이다. 왜냐하면 아이들은 어릴수록 다리를 두드리는 일이 없기 때문이다.

오히려 흔들거리는 구름다리일지라도, 자신을 던져서 건너려고 한다. 주변에 어른의 도움이 없어도 말이다. 아니, 심지어는 두려워하면서도 건너려고 한다. 모험하는 것 그 자체가 좋고 흥분되기 때문이다. 흔들거리는 다리를 넘어서서 그 다리를 건너는 가능성을 보고 그 과정 자체를 즐긴다.

가능성을 보는 것은 미래를 보는 것이다. 그렇기 때문에 우리는 가능성을 보고 나 자신을 맡기고 던지는 것이다.

그만큼 가능성이나 잠재력을 보지 않고서는 어떤 경우에도 새로운 도약이나 시작은 있을 수 없기 마련이다. 반대로, 삶의 자리가 아무리 열악해도 가능성을 볼 수 있을 때 새로운 일에 도전할 수 있고 평소에 새로운 관계나 환경에 대해서 희망과 꿈을 가질 수 있는 이유도 바로 여기에 있다.

요즘과는 달리 예전에는 학생들의 점수를 채점하는 방식이 '수 우 미 양 가'로 분류되었다. 그중에서도 우리가 잘 아는 '수'는 빼어날 수 자로 '우수하다'는 뜻을 갖고 있다. 그런가 하면 '우'는 우등생 할 때의 우 자로 '우수하거나 넉넉하다'는 의미를 지니고 있다. '미'는 아름다울 미이며, '좋다'는 뜻도 있기에 역시 잘 했다는 의미이다. '양'은 '양호하다'라는 뜻으로 역시 '좋다, 혹은 어질다, 또는 뛰어나다'라는 의미가 있어 말 그대로 괜찮다는 뜻이다. 그만큼 성적의 다섯 등급에서 네 번째를 차지하는 '양'마저 좋은 뜻이라고 할 수 있는 것이다. 그런데 더 놀라운 것은 '가'는 가능하다고 할 때의 가로 '옳다'는 뜻을 가지고 있으며, 충분한 가능성을 가지고 있다는 말이라고 한다.

우리의 옛 선생님들의 성적표 작성법은 이처럼 그 누구도

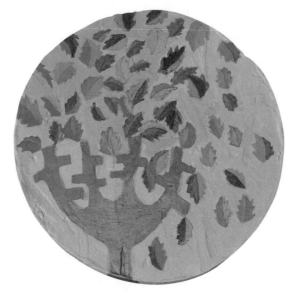

계인호 1993년생 나무 그렸어요

모든 가능성과 잠재력은
내가 나 자신을 믿는 것에서부터 시작된다

포기하지 않고 좋은 길로 이끌어주시는 선생님들의 지혜롭고 아름다운 사랑과 뜻이 담겨져 있다는 것을 확인할 수 있다.

아이들에게 정말 필요한 것은 성적순으로 아이들을 줄 세우는 것이 아니라 아이 속에 잠재된 가능성을 발견하고 키워주는 일이다. 아이의 잠재성을 격려하고 스스로 자신감을 갖고 자신의 재능을 키워가도록 북돋아주는 일이다.

그리고 어른이 된 우리들에게 필요한 것 역시, 나 스스로 규정한, 또는 누군가가 규정해준 나의 한계를 벗어던지고 나의 가능성, 나의 잠재력을 믿는 일이다.

모든 가능성과 잠재력은 내가 나 자신을 믿는 것에서부터 시작되기 때문이다.

칫솔장수 아저씨의 희망

지하철에 칫솔을 파는 아저씨에 대한 이야기가 있다.

"자 손님 여러분, 제가 무얼 팔려고 나왔겠습니까? 칫솔입니다. 한 개에 200원씩 다섯 개 묶여 있습니다. 얼마일까요? 예, 1,000원입니다. 뒷면 돌려보겠습니다. 메이드 인 코리아, 이게 무슨 뜻일까요? 수출했다는 뜻입니다. 수출이 잘 될까요? 폭삭 망했습니다. 자 그럼, 여러분에게 하나씩 돌려 보겠습니다."

칫솔을 다 돌린 후에 아저씨는 말을 이었다.

"손님 여러분, 제가 여기서 몇 개나 팔 수 있을까요? 궁금하시지요? 저도 궁금합니다. 잠시 후에 알려 드리겠습니다."

잠시 후에 아저씨가 하는 말.

"자 여러분, 칫솔 네 개 팔았습니다. 얼마 벌었을까요? 4,000원 벌었습니다. 제가 실망했을까요? 예, 실망했습니다. 그렇다고 제가 여기서 포기하겠습니까? 아닙니다. 저는 포기하지 않습니다. 왜냐하면 저에게는 다음 칸이 있으니까요. 소란을 피워드려 죄송합니다. 전 다음 칸으로 갑니다. 감사합니다."

칫솔 장사의 주인공이 사라진 다음에 사람들은 얼굴에 미소를 담았다고 한다. 아무도 불쾌해하지 않았다.

무엇보다 그 지하철에 타고 있었던 사람들, 칫솔 장사 아저씨의 이야기를 듣고 있던 사람들의 머릿속에는 마지막 말이 한참 맴돌았다고 한다.

"저는 포기하지 않습니다. 왜냐하면 다음 칸이 있으니까요. 저는 다음 칸으로 갑니다."

칫솔 네 개밖에 팔지 못했지만 그는 다음 칸에 집중하는 것이다. 그만큼 다음 칸에 대한 희망이 여전히 그에겐 남아 있었고, 그 희망의 끈을 놓지 않고 있기 때문이다.

아직도 남아 있는 것에 집중하는 한, 가능성이 있다는 것을 포기하지 않는 한, 그는 희망을 노래할 수 있는 것이다.

인생은 누구나 아직도 희망이 남아 있다는 것을 믿는 일이다. 그 희망은 우리로 하여금 다음 칸으로 움직이게 하는 원동력이다.

어떤 가능성을 본다는 것은 여전히 진행 중임을 믿는 것이다. 가능성을 보는 것은 현재만 보는 것에서 멈추지 않고 앞으로 달라질 것을 내다보는 것이다. 미래가 지금보다 좋아질 것을 상상하는 것이다. 그 상상력은 오늘 내가 있는 삶의 자리에서 다음 칸을 향해 움직이게 하는 힘이 되기 때문이다.

아이들은 끊임없이 새로운 것에 호기심을 갖는다
이는 자신의 한계를 시험해보려는 호기심 어린 아이들의 자연스런 본성이다

2

아이들처럼
말하라

호기심의 법칙
끊임없이 묻는다

우리 아이들이 어릴 때 던진 질문들에 때로는 답할 길이 없어 막막한 순간들이 한두 번이 아니었던 것으로 기억한다.

"아빠, 밤엔 왜 깜깜해?"

"아빠, 사람은 왜 죽어야 해?"

"아빠, 돈은 왜 필요해?"

"아빠, 아빠는 한국 사람이야 미국 사람이야?"

"아빠, 까만 꽃도 있어?"

"아빠, 아빠는 왜 가슴에 털이 났어?"

어떤 때는 소리를 지르고 싶을 때도 있다. "야, 그만 좀 물어보면 안 되겠니?" 하지만, 그럴 때마다 참고 또 참는다. 아이들은 그렇게 배우기 때문이다. 귀찮아도, 성가셔도, 성의껏 대답해야만 된다. 아이들이 묻는 질문들이 귀찮을 때가 있지만 저들에겐 지극히 정상적인 성장 과정이다.

어린아이들은 질문을 통해 세상을 알아가고 사물을 알아가며 자기 주위에 있는 사람들과 자신을 알아간다. 아이들이 질문할 수 없다는 것은 배울 수 없고 성장할 수 없다는 것이나 마찬가지이다. 질문을 멈추면 성장하기를 멈추는 것이다.

질문은 생각하게 만들기 때문에 우리의 지성을 자극하고 감성을 건드리는 역할을 하는 경우도 적지 않다. 질문은 우리 자신을 성찰하도록 도와주기 때문에 우리가 어디에서 왔으며, 어디에 있고, 또 어디로 가고 있는가를 볼 수 있도록 도와주는 도구요 기술인 셈이다. 그러므로 학교나 가정에서 아이들이 자유롭게 탐구할 수 있는 환경을 만들어주는 것은 놓쳐서는 안 될 중요한 우선 순위이다.

《너만의 명작을 그려라》(마이클 린버그, 한언)의 저자는 말한다.

아이들은 끊임없이 새로운 것에 호기심을 갖는다. 이는 자신의 한계를 시험해보려는 호기심 어린 아이들의 자연스러운 본성이다. 나이가 들수록 우리는 점점 실패를 두려워한다. 다른 사람에게 어리석게 보이거나 상처 받는 것을 두려워한다.

한계를 시험한다는 것은 그만큼 도전 정신이 강하다는 것과 같은 말이다. 하지만 안일함과 안정감에 도취되면 한계를 시험할 이유가 없어지고 도전 의식을 상실하게 된다. 결국 어린아이 같은 마음을 회복하려면 무엇보다 자신의 크고 작은 한계를 시험해보는 것이 시작이다.

그렇다. 어린아이들은 새로운 것에 유난히 관심이 많다. 따라서 한계를 시험해보려는 시도도 자연스러운 일이고 실패를 두려워하지 않는 여유를 보인다.

나이가 들어갈수록 우리는 어떻게 변하는가? 새로운 것에 관심이 없어진다. 한계를 시험해보거나 도전하려고 하지 않는다. 실패도 점점 더 두려워지고 어느 순간부터 묻는 것마저 귀찮아진다. 질문하는 것을 귀찮아하는 것이다. 그것은 달리 말하면 배움에 대한 의욕을 상실했다는 것이나 다름없다. 하지만 묻지 않을 때 우리는 더 이상 배울 수 없게 된다. 결국 그것은 변화나 발전은커녕 성장을 멈추는 지름길일 뿐이다.

어린아이들은 다르다. 묻고 또 묻는다. 어린아이들은 그렇게 배우고 그렇게 성장하기 때문이다.

사실 묻는다는 것은 겸손의 표현이기도 하다. 모르는 것을 묻는 것은 아이들에게 자연스러운 일이기 때문이다. 하지만 머리가 커질수록 우리는 묻는 것을 중단한다.

　모른다는 것, 그리고 내가 모르고 있는 것을 다른 사람에게 인정하는 것 그 자체가 어쩌면 우리의 자존심을 건드리는 까닭이 아닐까?

배움의 열정엔 정년이 없다

호기심이 많다는 것은 그만큼 배움에 대한 열정이 많다는 것을 의미한다. 내가 아는 분들 중에는 제법 늦게 관심 분야에 공부를 시작하는 분들도 있는가 하면, 스스로 수많은 책을 읽으면서 자기 발전에 '올인' 하는 모습도 간간히 보게 된다. 때로는 주위에서 '왜 그 나이에?' 하면서 무시하는 경우도 있지만 오히려 저들의 헌신과 열정은 본받아 마땅하다. 겸손한 마음가짐과 배움의 자세로 스스로 탐구하며 묻는 것을 중단하는 사람이야말로 오히려 더 고지식한 사람이기 때문이다.

얼마 전에 가까운 대학에서 미술 수업을 들을 기회가 있었다. 그때 내가 놀란 것은 대학 생활을 시작한 지 얼마 안 되는 청년들의 수나, 60대 혹은 70대 노년의 수가 거의 맞먹는다는 것이었다. 이 경험은 나에게 무척 신선한 경험이었고 잊지 못할 기억으로 남아 있게 되었다.

혹시라도 내가 배우기를 중단한 것은 없는가? 마음의 여유가 없어서 포기할 수밖에 없었다면 이제 다시 시작하자. 다시 배우기로 결단하고 다시 학생이 되기로 선택하자.

묻기를 중단했다면 다시 묻자. 나에게 열정을 갖게 하는 것이 있다면 열심히 탐구하자. 더 늦기 전에 지금부터 다시 배우기로 하자.

멈추지 말자. 알만큼 안다고, 배울만큼 배웠다고 자만에 빠지거나 멈추어선 안 된다.

미국 하버드 대학의 관계자들은 한국 사람들에게 두 번 놀란다고 한다.

첫 번째 놀라는 것은 미국에 살고 있는 아시아의 소수 민족 중에서 하버드에 가장 많이 입학하는 사람들이 한국 사람들이기 때문이고 또 한 번 놀라는 이유는 하버드 대학에서 중도에 가장 많이 탈락하는 사람들 역시 한국 사람들이기 때문이라고 한다.

학생들 나름의 이유야 있겠지만 시작이 중요한 만큼 마무리도 중요한 것 아닌가?

진솔함의 법칙
징그럽게 솔직하다

어린아이들의 특징 중에 하나는 꾸밈이 없다는 점이다. 그만큼 투명하고, 솔직하고, 있는 그대로를 표현한다. 때로는 징그러울 정도로 솔직해서 우리네 어른들을 깜짝깜짝 놀라게 하는 순간들도 물론 많다.

주안이라는 아이가 유치원을 다니면서부터 엄마는 온종일 허전하기만 했다고 한다. 유치원에 보낸 뒤로는 아들이 보고 싶었고, 아들도 엄마가 보고 싶을 것이라고만 생각했다. 그래서 유치원에서 돌아오는 길에 물어본다.

"주안아, 너 혹시 엄마 보고 싶지 않았니?"

엄마의 걱정 어린 질문이 떨어지기가 무섭게 대답하는 주안이 왈,

"엄마, 내가 유치원 생활하느라 얼마나 바쁜지 알아?"

그렇다. 바로 이럴 때를 두고 '착각은 자유'라는 표현을 사용하는 것은 아닌지 모르겠다.

얼마 전에 심한 감기 몸살로 이틀 동안 꼼짝도 못한 적이 있었다. 얼굴색이 얼마나 안 좋았으면, 옆에서 지켜보던 둘째가 물어본다.

"아빠, 많이 아파?"

그래서 대답했다.

"괜찮아, 그래도 많이 좋아진 것 같아."

그래도 궁금했는지, 또 물어본다.

"몸살이 나면 어떻게 아픈데?"

구체적으로 물어보기에 이번에는 구체적으로 설명해주었다.

"어, 있잖아~ 머리가 깨질 것만 같고, 허리가 끊어질 것 같고, 하루 종일 온몸이 다 쑤시고, 다리에 힘이 하나도 없고 눈이 꼭 빠질 것만 같아."

나름대로 애써서 친절하게 설명을 해주었더니만, 이 녀석 하는 말이 정말이지 걸작이다.

"아빠 그럼 천국 갈 때 다 됐나 봐."

계인호 1993년생 물고기

아이들의 솔직함은 천진난만함에서 비롯된다
그래서 자신의 느낌과 생각을 거침없이 내뱉는다

그 말을 듣는 순간 나는 울어야 할지, 웃어야 할지 몰랐다.

우리는 나이가 들어가면서 솔직하게 말하지 않는다. 때로는 해야 할 말도 피한다. 상대방이 불편할까 싶어, 혹은 내가 코너에 몰릴까 싶어, 대충 얼버무리거나 아예 건너뛴다. 서로의 감정이 상하는 불쾌한 상황을 초래하기보다는 적당히 거리를 두고 피해를 주지 않는 쪽을 선택하는 것이 더 편하기 때문이다.

하지만 아이들을 지켜보면 마찰과 충돌을 통해서 자라간다. 우리 세 아이들도 때로는 얼마나 싸워대는지 모른다. 그것을 말리느라 엄마 아빠는 온종일 시달리는 경우도 적지 않다. 물론 문제가 심하면 엄마나 아빠의 역할이 필요하기 마련이다. 그렇지만 엄마나 아빠의 간섭에도 늘 한계가 있음을 발견한다. 아니, 때로는 차라리 자기들끼리(?) 문제를 해결하는 편이 더 좋은 선택인 경우도 있는 것 같다.

솔직함은 분명히 마찰을 일으킨다. 우리를 불편하게 만들고, 불쾌하게 하는 것도 사실이다. 하지만 우리는 그렇게 성장하는 것 아닐까? 그렇지 않으면 우리는 항상 피상적인 관계에만 머물기 쉽다. 상대방에게 도움이 될 수 있는 말까지 의도적으로 피해가기만 한다면 과연 그것은 어떤 관계인지

궁금하다.

어린아이들은 짓궂게 구는 경우가 많다. 상습적으로 그렇게 하는 아이들도 물론 있다(나도 그중에 하나였다). 하지만 대부분의 경우 아이들의 솔직함은 천진난만함에서 비롯된다고 나는 생각한다. 그래서 자신의 느낌과 생각을 거침없이 내뱉는다.

물론 때로는 그것이 상처가 되는 것도 사실이다. 그 말은 내가 듣기 싫은 말일 경우도 많다. 하지만 듣기 싫은 것과 인정하고 싶지 않은 것엔 차이가 있다. 어린아이들의 솔직함은 우리에게 인정하기 싫은 것을 보게 하는 마법 같은 힘이다.

그래서 우리는 배운다. 어린아이들은 내가 당장 인정하기 싫은 것까지도 발견할 수 있게 해준다. 내가 원하지도 않고 찾지도 않는 정보를 주거나 때로는 불필요하거나 너무나 많은 정보를 주기도 한다. 어쨌거나 어린아이들을 통해 우리는 솔직함의 기술을 터득하고 연습할 필요가 있는 것은 사실이다.

승주라는 남자 아이가 있다. 승주는 식사 때 자기 좋은 것만 골라서 먹는 버릇이 있다고 한다. 옆에서 염려하는 아빠가 한마디 한다, 편식은 좋지 않다고. 승주가 아빠의 이야길 들으면서 아빠의 볼을 만지작거린다. 그래서 아빠는 좋은 기회라고 생각하며 승주에게 한마디 한다.

"어때, 아빠 볼 탱탱하지?" 그러자 승주가 나지막한 목소리로 대답한다.

"응." 바로 그 '찬스'를 노린 아빠가 또 말한다.

"그것 봐. 아빠는 편식을 하지 않아서 그래"

하며 아빠는 자신의 말을 은근히 자랑스러워한다.

같은 자리에 누나가 옆에 앉아 밥을 먹고 있다. 아빠가 승주에게 다시 말한다.

"누나 볼도 한번 만져 봐라, 승주야."

승주가 누나 볼을 만져본다. 아빠는 또 묻는다.

"어때, 누나 볼도 탱탱하지?"

그렇다고 고개를 끄덕이자, 아빠는 계속적으로 세뇌를 시키려고 애쓴다.

"누나도 골고루 잘 먹어서 그래."

그래도 맘에 차지 않아, 아빠는 확실하게 승주에게 편식이 나쁘다는 것을 가르쳐주기로 마음을 먹는다. 옆에는 이제 엄마가 남았다. 이왕 시작한 일, 아빠는 마무리를 잘해야겠다고 다짐한다.

"승주야, 이제 엄마 볼도 한번 만져봐."

승주는 아빠가 시키는 대로 얌전히 따라한다. 아빠의 말을 듣자마자 곧바로 옆에 있는 엄마의 볼을 지긋이 만져본다. 그리고 아빠가 마지막으로 묻는다.

"엄마 볼은 어때?" 같은 대답을 기대했건만, 아빠의 예상은 한없이 빗나가버렸다.

"늙은 느낌이야."

어린아이들은 솔직하다. 징그럽게 솔직해서 그 솔직함이 때로는 우리의 마음을 상하게 할 때도 있지만 말이다.

부시 대통령과 모닝커피

    미국의 부시(아버지 부시) 대통령이 4년간의 백악관 생활을 정리하고 클린턴 대통령에게 백악관을 넘겨줄 무렵의 일이었다. 4년 동안의 백악관 생활은 어떤 의미에서 여러 가지 '핸디캡'을 안겨주었는데, 그 이유는 그동안 백악관의 크고 작은 혜택에 몸과 마음이 익숙해져 버렸기 때문이었다고 한다.

    평소에 커피를 즐기던 부시는 백악관의 대통령 침실에서 아침에 일어날 때마다 커피를 주문할 수 있는 별도의 단추(스위치)가 있었다고 한다. 커피를 원할 때 그 단추만 누르면 백악관의 직원이 뜨거운 커피 한 잔을 즉시 배달해주는 장치였다. 하지만 백악관의 생활을 접고 예전의 삶으로 돌아갔을 때 가장 빨리 적응해야 했던 것 중에 하나가 바로 이 단추였다. 순식간에 커피를 주문할 수 있는 장치가 더 이상 없다는 것이다.

    하루는 아침 일찍 눈을 뜨고 그 단추를 찾고 있다가 실수로 그만 옆에서 자고 있는 아내(바브라 부시)를 깨웠다. 그때 그의 아내는 끔찍한 사실을 전직 대통령인 부시에게 알려주었다고 한다.

    "이제는 당신이 일어나서 직접 커피를 만들어 마셔야 되요!"

    그렇다. 우리가 평소에 남들로부터 대접을 받는 것에만 익숙해져 있다면, 커피를 스스로 만들어 마시는 일이든, 그 외의 어떤 일이든 번거롭고 귀찮을 수 있기 마련이다. 하지만 우리는 그 사실을 언젠가는 받아들여야 한다. 아무리 싫다고 발버둥쳐도 그것을 자발적으로 해결하지 않는다면 강제적으로 받아들여야 할 날이 누구에게나 오기 때문이다.

　때로는 솔직한 것이 싫지만, 우리로 하여금 현실을 바로 볼 수 있도록 도움을 주며 말해줄 수 있는 상대가 필요하다. 미국의 전직 대통령도 커피 한잔을 마시기 위해 적응을 해야만 된다면, 우리라고 적응해야 할 상황이 없겠는가 말이다.

투명성의 법칙
겉과 속이 똑같다

미국 사우스캐롤라이나의 앤더슨에는 리처드 벌린저라는 어린아이가 살았다고 한다. 1980년 크리스마스 전날, 어머니는 부지런히 꾸러미들을 포장하면서 아들에게 구두를 닦아달라고 부탁했다. 그때 리처드는 일곱 살이었다. 엄마의 심부름에 따라 리처드는 열심히 구두를 닦았고 잠시 후에 리처드는 일곱 살짜리만이 보여줄 수 있는 자랑스러운 미소를 지으며 검사를 받기 위해 구두를 엄마에게 내보였다. 어머니는 만족해하면서 리처드에게 25센트 동전을 주었다.

그 다음 날인 크리스마스 날 아침, 어머니가 교회를 가려고 구두를 신는데 구두 안에 무슨 작은 물건이 들어 있는 것을 느꼈다. 꺼내보니 어제 리처드에게 심부름 값으로 준 25

센트짜리 동전이 종이에 싸여 있었다고 한다.

그 종이에는 삐뚤삐뚤한 글씨로 "사랑하기 때문에 한 일이에요"라고 적혀 있었다.

우리는 나이를 먹으면서 일과 수고에 대한 보상을 당연하게 여기게 되고 그것을 은근히 기대하게 된다. 그러나 어린아이들은 다르다. 돈이 중요하지 않다. 돈을 쓸 곳이 없어서가 아니라 자기도 가치 있는 일에 기여할 수 있다는 만족감, 그리고 순수하게 사랑을 전달하고 싶은 마음이 더 중요하기 때문이다.

어린아이들이 우리에게 주는 교훈 중에 하나는 겉과 속이 다르지 않다는 점이다. 바꾸어 말하면 다른 사람의 시선을 크게 의식하지 않는다는 뜻이기도 하다. 다른 사람의 생각이나 시선을 크게 의식하지 않기 때문에 투명할 수 있고, 그렇기 때문에 대부분의 경우 어린아이들은 자신의 생각이나 마음을 거침없이 표현하는 편이다.

하지만 어른이 되어 가면서 우리는 남의 시선을 점차 더 의식하게 된다. 과연 어느 쪽(지나치게 의식하는 쪽, 아니면 아예 무시하는 쪽)이 더 성숙한 것인지는 모르겠지만, 남의 시선을 의식할 때 우리는 피곤해진다. 아니, 좀 더 솔직히 말하면, 상대방의 삶도 더 피곤하게 만든다.

물론 그 어느 누구도 완벽하게 진실하고 투명할 수는 없겠지만 우리는 겉과 속이 같은 사람에게 더 끌리기 마련이다. 투명할 때 마음이 열리고 끌림이 있기 때문이다.

그럼에도 불구하고 우리는 때때로 투명하면 손해를 본다고 생각하는 경향이 있다. 어쩌면 그것이 사실인지도 모른다. 결국 우리는 겉모습을 열심히 꾸미고 포장하지만, 속사람은 좀처럼 나타내 보이지 않는다.

궁극적으로는 서로를 속이는 게임만 하기에 바쁘다. 겉과 속이 다르다 보니 진실한 관계나 깊이 있는 관계보다는 피상적인 관계에만 머무르고 형식적인 관계에 만족하게 되는 사회가 되어가는 것이 아닐까 싶다.

대학총장님의 프로필

오래 전에 미국의 컴벌랜드^{Cumberland} 대학교 총장님의 한국 방한으로 내가 안내와 통역을 돕게 된 적이 있다. 제임스 테일러^{James} ^{Taylor} 총장님이 방한하시기 전에 컴벌랜드 대학교의 비서실에서 총장님의 프로필을 보내 주었는데, 그분의 프로필을 읽으면서 나는 적지 않은 충격을 받게 되었다. 겉보기에는 다른 사람들의 프로필과 크게 다를 바 없었지만, 자세히 보면 볼수록 그 속에는 큰 차이가 있었다는 것을 발견할 수 있었다.

테일러 총장님의 프로필은 출생지와 출생일, 그리고 배우자에 대한 간략한 소개가 먼저 있었고, 그 뒤에는 자녀에 대한 내용도 기록되었는데, 제임스 테일러 2세라는 아들의 이름 옆에 1991년 5월 20일에 하나밖에 없는 아들이 사망했다는 기록까지 빼놓지 않았다. 그다음에 이어지는 내용이 테일러 총장님의 학력과 경력이었다.

그 당시 나는 총장님의 프로필을 보면서 우리가 보편적으로 익숙해 있는 프로필과는 사뭇 다르다는 것을 느낄 수 있었다. 우리는 보통 나 자신의 학력이나 경력을 드러내길 좋아하고, 어쩌면 그것이 우리 사회가 요구하는 바인지도 모르겠다. 하지만 테일러 총장님에게 있어 그것은 오히려 자신의 삶에 아주 작은 부분을 드러내는 것이지 더 중요한 것은 자신의 출생지와 가족 사항을 알리는 것이었다. 그것도 아들의 죽음까지 서슴없이 소개하는 테일러 총장님의 프로필을 통해 받은 충격은 어쩌면 신선한 충격이 아니었을까 싶다.

껍데기에 목숨 걸지 않는 모습에, 그리고 진정으로 중요한 것을 구별할 줄 아는 삶의 지혜에 나는 여전히 적지 않은 도전과 영향을 받고 있다.

정답의 법칙
답을 알고 있다

　이상할 정도로 로션을 좋아하는 우리 막내. 엄마의 비싼 로션을 온몸에 문지르는 것도 모자라 옆에 있는 사람에게까지 발라주는 걸 그렇게 즐거워한다. 로션의 향기 또는 부드러운 감촉 때문일까? 엄마한테 아무리 혼쭐이 나도 로션이 예진이에게 발견되는 순간 그 로션은 끝장이다. 아무리 감추려고 애를 써도 로션을 찾아내는 데에는 도사가 따로 없다.

　최근에도 그렇게 로션을 또 찾아서 자기 온몸에 바른 뒤에 그것도 모자라 오빠한테 가서 여기저기 문질러주기 시작했다. 그러자 점잖은 목소리로 오빠가 한마디 한다.

　"예진아, 그건 낭비야, 낭비."

　그러자마자 씩씩한 목소리로 예진이가 오빠를 쏘아댄다.

"아니야, 이건 로션이야."

어린아이들은 어른들 못지않게 정답을 알고 있는 것 같다. 아이들의 통찰력은 그만큼 우리를 놀라게 한다.

아이들의 방학 기간 동안 밴쿠버에 사는 친구 가정을 방문할 기회가 있었다. 한참을 얘기하면서 그 지역에 같이 살던 가정에 대한 이야기가 나왔다. 이사한 줄도 모르고 그 가정의 안부를 내가 물었다. 듣자 하니 얼마 안 있다가 곧바로 타 지역으로 이사를 갔다는 것이다. 더 궁금해진 나머지, 어떤 이유로 이사를 그렇게 갑자기 가게 되었는지 혹시 아느냐고 나는 그 부부에게 물어보았다. 결국엔 고개를 갸우뚱하면서 잘 모르겠다고 대답을 했는데, 갑자기 세 살 밖에 안 되는 우리 막내 아이가 방금 나에게 대답한 부부를 보면서 씁쓸한 표정을 짓고 하는 말.

"모르긴 뭘 몰라, 너 땜에 떠났지."

쥐구멍이라도 들어가고 싶다는 말이 바로 이럴 때 쓰는 말이라는 것을 깨닫는 순간이었다.

어린아이들은 어쩌면 어른들이 보지 못하는 것을 볼 수 있는 특별한 능력이 있는 것일까? 아니, 어쩌면 우리가 인정하고 싶지 않기 때문에 이미 훤히 보이는 것마저 못 보거나 놓

어린아이들은 어쩌면
어른들이 보지 못하는 것을 볼 수 있는
특별한 능력이 있는 것일까?

조재현 1994년생 우산

치면서 살아가는 것인지도 모른다.

  하지만 어린아이들은 보이는 그대로의 세상을 본다. 그리고 생각하는 사실 그대로를 말한다. 아이들이 바라보는 세상에는 어른들에겐 보이지 남다른 통찰력이 분명히 존재한다. 어쩌면 그것은 보이는 것을 그대로 말하는 정직함의 힘, 답을 숨기지 않고 곧바로 말하는 솔직함의 힘일지도 모른다.

삼부자의 방송출연

우리 집안에는 삼부자가 있는데, 겉으로 보기에는 삼부자의 관계가 비교적 원만해 보이기 때문에 부러움의 대상이 될 때도 종종 있다. 하지만 그렇다고 우리 삼부자의 사이가 늘 좋거나 평탄 대로만은 아니다. 특히나 셋 다 같은 일을 하는 관계로 서로 은근히 경쟁하는 모습도 있는 것이 사실이다.

몇 해 전에 삼부자가 KBS의 〈아침마당〉에 출연한 적이 있었다. 생방송이다 보니 새벽같이 일어나서 방송사에 가서 진행자와 호흡을 맞추기 위해 준비하고 분장실에서 분장을 하는 과정이 예사롭지 않았던 기억이 있다. 남들이 볼 때는 선망의 대상으로 보일지 모르지만 어떻게 보면 귀찮은 일이기도 하다. 그래서인지 심지어는 방송에 정기적으로 출연하는 사람들이 불쌍하다는 느낌도 든다.

어쨌거나 그날 무대 뒤에서 PD의 사인을 기다리면서 삼부자가 나란히 대기하고 있을 때 옆에 서 있는 형에게 나지막한 목소리로 말을 건넨 기억이 있다.

"형, 솔직히 나는 이번이 방송 출연은 마지막이었으면 좋겠어."

그러자 형이 나한테 건네는 말에 나는 그만 뒤집어지는 줄만 알았다.

"야, 그런 걱정은 안 해도 돼. 왜냐면, 다음엔 KBS에서 나만 불러줄

테니까 쓸데없는 걱정하지 말아라, 응?'

결국 방송 출연 직전에 배꼽을 잡으며 웃었던 기억을 나는 아직도 잊을 수가 없다.

그렇다. 어쩌면 형은 정답을 알고 있었던 것이다. 적어도 내가 그 이후론 다시 방송에 출연하지 않은 것을 보면 말이다.

때로 정답은 아프다. 기쁜 소식이 아닐 수도 있고 내가 원하는 답이 아닐 수도 있다. 정답은 나를 짜증나게 할 수도 있고 불편하게 만들 수도 있다. 정답은 나를 숨 막히게 할 수도 있고, 나를 실망시킬 수도 있다.

그래도 정답은 정답이기 때문에 무엇보다 겸손하게 진리를 받아들이듯 받아들이는 용기와 마음가짐이 가장 중요하지 않을까 싶다.

과연 내가 듣기 싫어하는 '정답'은 어떤 것이 있을까?

자기표현의 법칙
눈물을 감추지 않는다

어린아이들은 대부분 의사표현이 확실하다. 그래서 배고 프면 배고프다고, 아프면 아프다고 말을 한다. 물론 사람이 많은 공공장소에서 잠시 한눈을 팔다가 엄마나 아빠를 읽어 버리거나 혹시라도 놀다가 넘어져 다치면 하늘이 무너질 것 처럼 울어대는 모습도 아이들의 특징 중 하나다.

몇 해 전 중국으로 이사를 가게 된 어느 가정의 이야기를 들은 적이 있다. 비교적 나이가 어린 자녀들을 두어 타국으 로 가는 것은 쉽지 않은 일이었다고 한다. 그중에서도 막내 녀석이 기저귀를 떼지 못해 어려움이 많았다고 한다. 돈도 많이 없는 데다가 중국에서 기저귀 값은 장난이 아니었기 때 문이다.

결국 엄마가 기저귀 떼기에 실패를 거듭하자 아빠가 아들 녀석 기저귀 떼기 집중 훈련(?)에 나서게 된 것이다. 아빠는 그렇게 아이를 도와주기 위해 눈코 뜰 새 없이 바빴지만, 희망은 좀처럼 보이질 않았다. 세 살 때부터 기저귀를 떼기 위해 노력했으나 다섯 살이 되도록 아무런 진전이 없었다고 한다.

결국 하루는 아빠가 견디다 못해 폭발을 한다. 다섯 살 아이를 불러다가 한참을 연설했다나? "너 지금 몇 살이야?" "왜 이렇게 기저귀를 떼지 못하는 거냐고?" "너 언제까지 기저귀를 차고 다니려고 그래?" "너 때문에 우리가 기저귀에 돈을 얼마나 많이 낭비하는지 알기나 해?" 하며 아빠가 참다 못해 혼을 내자, 아이는 눈물을 터뜨리며 아빠를 졸랐다고 한다.

"아빠, 나 세 살로 다시 돌아갈래~!"

세 살로 돌아가는 것이 차라리 낫겠다는 것이다. 세 살로 돌아가면 기저귀를 더럽혀도 괜찮고, 세 살로 돌아가면 아빠한테 혼나지 않을 것 같기 때문이다.

아이들은 제법 감성적이다. 그래서 무서운 상황에서는 두려움을 표현하고, 슬픈 영화를 보면 쉽게 울기 마련이다. 눈물을 흘리는 것은 어린아이에게 있어 전혀 어색함이 없고 지극히 자연스럽다. 하지만 마치 성숙함의 상징인 양 우리는 나이를 먹을수록 눈물을 보여서는 안 된다는 착각에 빠진다. 결국 어른들은 대부분의 경우 아무리 울고 싶은 상황에서도 눈물을 감추기에 바쁘다.

사람이 태어나면서 자신의 탄생을 알리는 방법은 바로 '울음'이라고 한다. 그렇게 울기 시작하면서 사람은 슬퍼도 눈물을 흘리고 기뻐도 눈물을 흘린다. 신생아의 울음은 폐를 확장시키는데 도움이 된다. 갓난아이의 울음이 언어와도 같아 화가 나거나 몸이 아플 때 무언가를 요구하는 표현 방식이라면, 성인의 울음은 슬프거나 기쁜 감정을 해소하는 통로라 할 수 있다.

여자가 남자보다 우는 빈도도 많고 우는 시간도 네 배나 길다고 하는데, 남자가 여자보다 평균 수명이 짧은 이유 가운데 하나로 덜 울기 때문이라고 말하는 경우도 있다.

울 때 나오는 눈물은 스트레스의 결과로 만들어진 독성 화학물질을 배출하는 역할을 하기도 한다. 슬플 때 자신의 감정을 솔직하게 표현하면서 우는 것은 슬픔을 가슴속에 삭이는 것보다 신체에 긍정적인 영향을 주는 효과가 있다.

켄 가이어Ken Gire는 눈물보다 위대한 영혼의 창은 없을 것이고, 눈물 속에는 많은 것이 녹아 있는데 그중에는 인생을 사는 지혜도 있다고 한다. 그는 눈물을 따라가면 거기에 자신의 마음이 있다는 것을 배웠다며 우리가 흘리는 눈물이 왜 소중한지 말해주고 있다.

우는 건 죄가 아니다

우리는 쉽게 울지 않는다. 특히나 남성들은 체질적으로, 아니면 왜 곡된 교육이나 세뇌의 영향으로 자신의 연약함을 노출하지 않기 위해 울지 않는 경우도 적지 않다. 우는 것은 '남성다운 것'이 아니라는 이 유에서 말이다. 하지만 자신의 연약함이나 크고 작은 삶의 한계로 인 해 눈물을 감추지 않는 '멋쟁이 신사'들도 있다. 그리고 저들이 흘리 는 눈물은 남들에게 오히려 위로가 되고 도전이 된다.

'아침편지'의 대표 고도원은 우리의 눈물엔 적지 않은 혜택이 있다 고 한다.

눈물을 따라가면 그곳에 슬픔이 녹아 있습니다. 아픔과 고통과 절망 과 이별이 숨어 있습니다. 그러나 눈물을 더 깊이 따라가면 달라집 니다. 기쁨과 감사와 사랑과 용서가 그 눈물 안에 담겨 있습니다. 눈 물은 슬픔이 아닙니다. 우리의 영혼의 창을 씻어내는 치유의 빗물입 니다.

고도원의 아침편지, 〈눈물을 통해 배웠다〉 중에서

냉정함의 법칙
있는 그대로 말한다

우리집 막내 아이가 제법 어렸을 때의 일이다. 모처럼 방문하신 친할아버지께서 당신의 손녀딸과 함께 응접실에 앉아 책도 읽어주시며 나름대로 열심히 놀아주고 계셨다.

문제는 너무 잘 놀아주니 아예 기어오르려고 한다. 할아버지를 친구처럼 여겨 할아버지의 머리를 비틀고, 볼을 만지고, 발길로 걷어차고 자알 논다.

하룻강아지 범 무서운 줄 모른다더니, 결국 할아버지가 참다못해 한마디 한다.

"너 자꾸만 그러면 이제부터 너랑 안 놀고 오빠랑만 놀아준다"하며 겁을 주자, 간 큰 예진이가 씩씩하게 대답한다.

"그래, 맘대로 해. 그럼 오빠랑 놀아!"

무식하면 용감하다는 것은 이럴 때 쓰는 말이리라.

몇 해 전 아내의 생일날, 요리에는 원래 자신이 없는 내가 모처럼 집에서 요리를 할까 망설이고 있었다. 그런데 문제는 아내가 아니라 아이들이었다. 내가 만든 음식은 절대로 안 먹겠다는 것이다. 결국 아이들에게 져서 마지못해 외식을 했던 씁쓸한(?) 기억이 있다.

그날 아이들의 성화를 못 이겨 패밀리레스토랑으로 갔다. 옆 테이블에 앉아 있는 아이들에게 어느 여종업원이 빨간색 풍선을 갖다주자, 막내는 그걸 또 언제 봤는지 대학생으로 보이는 여종업원의 바지를 잡아당기면서 아주 위협적인 목소리로 말하는 것 아닌가?

"아줌마, 나도 풍선 하나 갖다줘~."

그 청년이 '아줌마'라고 불리는 순간, 그 청년의 표정 속에서 나는 다름 아닌 '끊어진 관계'를 눈으로 읽을 수 있었다. 그럼에도 불구하고 그 청년은 우리를 친절하게 대해주었고 주문한 음식까지 챙겨주었다.

그렇게 맛있게 음식을 먹기 시작했는데, 막내 아이는 얼마 먹지도 않고 다 먹었다며 음식을 남기는 것 아닌가? 그래서 내가 점잖게 말을 건넸다. "예진아, 그 음식 남기지 말고 더

김태영 1993년생 서커스

아이들에게는 좋으면 좋고, 싫으면 싫은 것이다
생각대로, 그리고 느낌대로 자신을 표현한다

먹어야지." 그러자 이 아이가 눈 하나 깜짝 안 하고 나를 보며 대답하는 말. "너나 먹어!" 아이의 나이가 두 살이 아니라 세 살만 되었어도 한 대 쥐어박았을 걸, 워낙 인내심 많은(?) 내가 참기로 했다.

아이들에게는 좋으면 좋고, 싫으면 싫은 것이다. 그것이 음식이든, 장난감이든, 사람이든, 아이들은 냉정하다. 어른들이 이것저것 둘러대는 경우가 많은 이유는 나이가 들수록 체면 문화에 익숙해지기 때문이다.

그래서 불편한 상황이나 관계는 가급적이면 피하려고 하고, 솔직한 대답은 최대한 멀리한다. 되도록이면 남에게 상처가 되지 않도록 말이나 행동을 가다듬고 포장하게 되는 것이다.

문제는 싫은 것도 좋다고 대답하게 되고, 좋은 것도 싫다고 대답하게 되어 자신에게나 타인에게 오히려 더 큰 오해나 대립을 가져오는 것도 흔하다는 것이다.

그런데 아이들은 체면이나 예의에 익숙하지 않은 편이다. 오히려 생각대로, 그리고 느낌대로 자신을 표현한다. 그만큼 어린아이들의 자기표현 속에는 어른들의 모습 속에서 감지할 수 있는 일종의 세련됨이나 꾸밈이 없다.

하지만 어린아이들이 오히려 어른처럼 깔끔하고 세련되게 말하거나 행동하면 그것처럼 징그러운 모습도 없을 것 같다. 그것은 결코 어린아이 '답지' 않기 때문이다.

나단 선지자와 다윗 왕

성경 인물 중에는 나단이라는 사람이 있다. 나단의 주요 업무는 하나님의 말씀을 왕과 백성들에게 대언하는 일이었다. 사무엘하 12장을 보면 나단에게 주어진 임무는 그 당시 이스라엘의 왕이었던 다윗의 잘못을 지적하는 일이었다. 그것도 자신에게 가장 충성된 부하의 아내를 왕실로 불러들여 아이까지 임신시킨 왕이 그 사실을 감쪽같이 덮어두기 위해 그가 간통한 여인의 남편을 살해하는 죄를 저지른 것을 지적하는 일이었다. 선지자 나단은 바로 이와 같은 사실을 왕에게 전달하는 고통스러운 숙제를 짊어지게 되었다. 피하고 싶은 일이었고 잘못해서 왕의 노여움을 사게 되면 목숨을 잃을 수도 있는 일이었다. 그럼에도 불구하고 나단은 왕의 잘못을 감추는 대신, 그 즉시 왕을 찾아가 왕의 잘못을 고발하게 된다.

친구 사이도 마찬가지다. 있는 그대로 말한다는 것은 쉬운 일이 아니다. 무조건 친구의 잘못을 덮어주는 것만이 진정한 의미의 친구라고 할 수 없다. 때로는 친구로서, 혹은 배우자로서 말하기 힘든 것까지 말하는 것이 사랑이라는 것을 우리는 잘 알기 때문이다.

물론 처음에는 그것이 어렵게만 느껴지는 것이 사실이겠지만 멀리 보면 그 길만이 사람을 돕고 살리는 길임을 명심하자. 경우에 따라 우리도 오히려 어린아이들처럼 솔직하고 냉정할 필요가 있는 것이다.

새로운 바지를 입기 위해 옷장 속의 옷을 꺼내 입었다. 그러나 무리였다. 결국 세탁소에 맡기려고 알아보니 늘릴 수 있는 바지가 아니란다. 그 장면을 막내 아이가 모두 지켜보고 있었다. 저녁 식사후 아이들이 과자를 먹는다. 엄마가 네 개 씩만 먹으라고 한다. 식사 후 슬쩍 과자 봉지를 살폈다. 그리고 속으로 마음을 먹었다.

"딱 하나만 먹어야지."

하지만 그렇게 말한 것이 곧 두 개가 되어 버렸고, 네 개가 되어버렸다. 과자 봉지를 다시 살펴보니 두 개만 남아 있었다. 결국 나머지 두 개까지 꿀꺽 삼켜버렸다. 조금 뒤에 막내가 다시 식탁으로 오더니 엄마에게 조른다. 과자를 하나만 더 먹을 수 없겠느냐는 말이다. 코너에 몰린 나는 솔직하게 고백할 수밖에 없었다.

"미안해, 아빠가 방금 다 먹었어~" 정말 미안한 마음으로 그렇게 말을 했다. 하지만 아이의 반응은 차갑고 냉정했다.

"그러니까 바지가 너무 작지~"

핵심의 법칙
요약에 탁월하다

　내가 평소에 잘 알고 지내는 미용실 원장님 중에 목인균 원장이라는 분이 있다. 마음이 한없이 맑은 분이다. 목 원장 부부에게는 귀여운 딸과 아들이 있는데 딸 정연이는 특히나 동생을 잘 챙겨주기로 유명하다.

　정연이가 초등학교 1학년 때의 일이다. "너는 커서 뭐 할래?"라고 묻자, 정연이는 엄마 아빠가 두 분 다 미장원에서 하루 종일 서서 일하기 때문에 그렇게 고생하는 모습을 옆에서 봐서 그런지 팔 다리 아픈 일은 절대로 안 하겠다고 대답한다.

　하지만 자기 동생 승현이는 남자니까 엄마 아빠를 따라 미장원을 물려받아야 된다고 강조한다. 이유를 물으니, 동생은 앞으로 엄마 아빠와 누나를 먹여 살려야 되기 때문에 공부만 하면 안 되고 기술도 열심히 배워야 된다고 한다. 동생의 나이 이제 겨우 세 살밖에 되지 않는데도 말이다. 정연이는 삶을 요약하는 방법을 제법 일찍 터득한 것일까?

하루는 학교에서 돌아온 정연이가 받아쓰기 시험을 엄마 아빠에게 보여준다. 그런데 문제는 50개를 전부 틀린 것이다. 웬만한 아빠라면 날벼락이 떨어졌을 법도 한데 정연이 아빠는 워낙 인격적인 아빠라 오히려 부드럽게 묻는다.

"정연아, 받아쓰기 시험 50개 다 틀린 것에 대해서 어떻게 생각하니?"

그러자 정연이는 전혀 거리낌 없이 대답했다고 한다.

"아빠, 인생은 받아쓰기가 전부가 아니야."

이것이 바로 요약의 기술이다. 삶을 요약할 줄 아는 능력, 이것은 우리가 어린아이들한테 배워야 한다.

아이들은 배가 고프면 배고프다고 말을 하고 졸리면 졸립다 말을 하고 좋은 것은 좋고 싫은 것은 싫다고 말한다. 나이가 어릴수록 체면을 따지거나 예의를 따지거나 눈치를 보지 않는 것이 바로 어린아이들의 특징이다. 그렇기 때문에 핵심을 짚고, 요약을 할 수 있는 기술은 그만큼 자연스러운 현상

계인호 1993년생 펜슬맨

아이들은 무엇이든 질질 끄는 법이 없다
아이들에게 있어 예스는 예스이고 노는 노다

이 아닐까 싶다.

아이들은 무엇이든 질질 끄는 법이 없다. 대부분의 경우 복잡하지 않은 편이기 때문에 일종의 간결함을 느낄 수 있다. 바로 그런 이유에서 어린아이들에게 질문을 던져도 동문서답하는 경우는 극히 드물다는 것을 우리는 알 수 있다. 아이들에게 있어 예스는 예스이고 노는 노다. 그만큼 아이들은 핵심과 요약에 뛰어나다. 이것은 우리네 어른들이 오히려 본받아야 할 만한 모습 중에 하나다.

거꾸로 어른들의 대화는 대부분 복잡한 경우가 많다. '잘 나가다 삼천포로 빠지다'는 표현이 있듯이 대화 도중에도 어른들은 '늘어지게' 얘기하는 경우가 많아 대화의 흐름을 놓치기 쉬울 때가 있다. 결국 대화의 핵심을 놓치게 되고 주변만 맴돌다가 시간을 낭비하는 경우도 얼마나 많은가?

어린아이들이 우리에게 선물해주는 교훈 중에 하나는 놀라울 만큼 핵심을 짚는 능력과 탁월한 요약의 기술이다.

윈스턴 처칠의 연설

연설 중에서 그야말로 짧은 연설로 알려진 것은 윈스턴 처칠^{Winston}

Churchill 경의 연설이다. 인구에 회자되는 명연설이 많지만 자신의 모

교인 해로스쿨^{Harrow School}에서 한 연설이 가장 유명하지 않을까 싶

다. 그가 단에 올라 서 있던 시간은 불과 3~4분 안팎이었다고 한다.

그가 학생들에게 건넨 도전적인 말은 "Never give in-never,
never, never, never, in nothing great or small, large or petty,
never give in except to convictions of honour and good sense."
이었다. 번역하면 "절대로 포기하지 마십시오. 양식과 명예로부터 나
오는 확신이 있을 때만 제외하고 결코 중요한 것이든 사소한 것이든,
또는 크든 작든 절대로 하나도 포기하지 마십시오"였다.

처칠 경은 모교의 후배이자 새로운 세상을 향해 움직이는 저들에게
가장 중요한 도전을 주었던 것이라고 할 수 있다.

기대감과 자신감에 넘쳐 이 세상을 정복할 수 있을 것만 같은 저들
에게 처칠은 저들이 만나게 될 수 있는 어려움과 시련에 대해 예언자
처럼 강하면서 아버지처럼 부드럽게 삶의 지혜를 선물해준 것이랄
까? 그 어떤 어려움이 닥쳐와도 포기하지 않고 그 상황을 초월할 수
있는 용기와 믿음의 자리로 초청한 것이다.

이 한 가지 일화를 통해서만 보더라도 그야말로 처칠은 요약의 대가였다고 할 수 있다. 물론 그 외에도 처칠의 연설에 대한 에피소드는 널리 알려져 있고 그의 연설 내용도 인터넷으로 쉽게 찾아볼 수 있다.

처칠이 한 말 중에는 이런 말도 있다.

"돈을 잃는 것은 적게 잃는 것이다.

명예를 잃는 것은 크게 잃는 것이다.

그러나 용기를 잃는 것은 전부를 잃는 것이다."

처칠은 사실 말도 많이 더듬었다고 한다. 하지만 그에겐 무엇이든 요약하는 능력이 있었다. 결국 핵심이 가장 중요하기 때문이다.

나는 살아오면서 수많은 실패를 경험했습니다
그러나 이것이 바로 내가 성공할 수 있었던 이유입니다

3

아이들처럼
행동하라

집요함의 법칙
한 번에 한 가지씩

어린아이들은 자기가 흥미를 느끼는 것에 대해 집중력이 뛰어나다. 물론 장난감이 싫증나면 다른 것에 눈을 돌리기도 하지만, 적어도 질릴 때까지는 좀처럼 시선을 빼앗기지 않는 모습을 발견할 수 있다.

우리 막내 아이만 해도 인형에 대한 집착이 얼마나 심했던지 정말 못 말릴 지경이었다. 때때로 어린아이들의 집중력은 웬만한 어른들의 집중력을 쉽게 능가하곤 한다.

나쁘게 말하면 양보할 줄 모르는 일종의 '고집스러움'이라고 말할 수도 있겠지만 어린아이들은 좋아하는 것을 쉽게 포기하지 않는 성향이 있다. 좋아하는 것이 있다면, 그것이 무엇이든 끝까지 물고 늘어지려고 하는 그런 모습 말이다. 하지만 그 고집스러움을 긍정적인 에너지로 승화시킬 수만 있다면 그 속에서 나타날 수 있는 잠재력은 우리의 상상을 초월하고도 남을 것이다.

아이들이 한 가지 일에 몰입하고 다른 곳(것)에 시선을 주지 않는 것은 그만큼 작은 것에도 쉽게 만족하기 때문이다. 아무리 주위가 산만해도 오로지 컴퓨터 게임에 '올인'하는 아이들의 모습을 보면 알 수 있다.

그런가 하면 어른들은 동시다발적으로 관심 영역이 너무 많은 것이 문제다. 그러다 보니 작은 문제에도 마음을 빼앗기고 쉽게 산만해지는 것이 어른들이다. 어른들은 상대적으로 여기저기 시선을 쉽게 빼앗긴다. 한눈팔지 않고 한 가지 과제나 사람에게 몰입하는 경우는 어른들에겐 비교적 드문 현상이다.

집요함, 이것이야말로 우리가 어린아이들로부터 배울 수 있는 교훈 중에 교훈이 아닐까. 한 가지 일에, 그리고 한 사람에게 집중하는 법을 터득한다면 사람 사는 세상은 한결 더 행복한 곳이 될 것이다.

그래서 "가장 중요한 일은 지금 내가 하는 일이고, 가장 중요한 사람은 지금 내 가까이에 있는 사람이며, 가장 중요한 시간은 바로 지금"이라고 톨스토이 Tolstoyi 는 말하지 않았나 싶다.

우리가 평소에 5분에서 10분만 멈추어서 잠시 책상 앞에 앉아 일기를 쓰는 행위 하나만으로도 삶의 분당 회전수를 1만 회에서 5천 회로 감소시키는 효과가 있다고 한다. 잠시 멈추는 행위가 이렇게 중요하다.

영국 일간지인 《더 타임스》가 '가장 행복한 사람'에 대한 정의를 현상 공모한 적이 있었다. 그런데 재미있는 것은 상위권으로 입상한 '행복한 사람'에는 황제도, 귀족도, 고위 관리도, 엄청난 부자나 유명 연예인도 들어 있지 않았다.

오히려 1위는 모래성을 막 완성한 아이였고, 2위는 아기의 목욕을 다 시키고 난 어머니, 3위는 세밀한 공예품 장을 다 짜고 나서 휘파람을 부는 목공, 그리고 마지막 4위는 어려운 수술을 성공하고 한 생명을 구한 의사 선생님이었다고 한다. 이것이 바로 사람들이 생각하는 진정한 의미의 행복이었다는 것이다.

행복은 대단한 것 속에서가 아니라 지극히 작은 것, 내가 할 수 있는 한 가지 일에 몰입할 때 발견된다. 행복은 크고 위대한 어떤 것에 있는 것이 아니라, 지금 내 곁에 있다. 행복은 언제나 작고 사소한 것들 속에서 반짝거리고 있는 법이다.

터널을 통과하는 법

마크 빅터 한센Mark Victor Hansen은 사업에 크게 성공했지만 미국의 오일쇼크로 갑자기 부도가 났다. 남은 재산은 자동차 한 대밖에 없는데, 그마저도 유리창이 깨지고 여기저기 다 찌그러진 자동차였다. 하지만 그마저도 오래 가지 못했다. 주유소에 가서도 돈이 없어 20센트 가량밖에 기름을 넣지 못했다. 결국 빈털터리가 된 그는 화장실 청소원이 되었고, 친구들도 하나같이 그를 떠나게 되었다. 결국 그는 우울증에 빠지게 되고 두려움에 사로잡히고 만다.

하지만 그의 이야기는 결코 거기서 끝나지 않았다. 시간은 많겠다, 게다가 글을 쓰는 감각이 좀 있어서 그는 글쓰기를 시작한다. 다른 곳에 한눈을 팔지 않고, 거기에 시선을 맞추고 집요하게 몰입을 한 끝에 얼마 뒤엔 자신의 글을 좋아하는 사람들이 하나 둘씩 늘어나기 시작하면서 이따금씩 강연도 하게 된다.

이 한센이 바로 우리말로도 번역된《영혼을 위한 닭고기 수프》라는 책의 저자다. 그의 책은 너무 많이 팔려서 베스트셀러가 아니라 '메가셀러' 라는 신조어까지 만들어냈다.

한센은 뒤죽박죽이 된 자신의 환경을 탓하기보다는 한 가지 것에 몰입하고 거기에 자신을 맡겼다. 자신을 탓하거나 남들을 비난하기보다는 긍정의 에너지에 우선 순위를 두었던 것이다. 그 결과 한센은 깊은 구덩이에서 빠져나오게 되고 새롭게 인생을 개척하게 되었다.

이 세상에는 동굴이 있고 터널도 있다. 누구나 삶의 시련으로 인해 깊은 동굴 속에, 혹은 터널 한 가운데 갇혀 있다고 생각하는 경우가 있다. 그러나 동굴이 끝이 없다면 터널은 반대편에 빛이 있고 끝이 있다. 둘 다 어둡기는 마찬가지지만, 터널은 조금만 견디면 언젠가는 통과할 수 있다.

삶의 크고 작은 문제들을 바라보는 시각도 마찬가지다. 우리가 경험하는 어려움을 동굴처럼 여길 것인지 아니면 잠시 통과하는 터널처럼 여길 것인지 결국은 선택의 문제다.

지금 우리가 통과하고 있는 어려움은 과연 어떤 것인가? 그 어려움은 잠시 터널을 통과하는 과정이라 생각하자. 그리고 우리가 겪는 시련이나 실패를 오히려 새로운 각오를 할 수 있는 기회로 삼자.

어린아이들이 작은 것에 몰입하고 집중하듯이, 우리도 내가 가장 잘할 수 있고 가장 좋아하는 그것에 집중하고, 집요하게 매달리자. 아무리 크고 어려운 문제라도 한 번에 하나씩 풀어가면 언젠가는 터널 출구에 이르듯 풀리게 마련이다.

천천히의 법칙
속도냐 방향이냐

깎아지른 히말리야 산맥의 험준한 산길을 오가는 '다지어 링 히말리야 특급열차'에는 다음과 같은 글귀가 적혀 있다.

천천히 slow 는 네 개의 철자로 되어 있고 생명 life 도 그렇다. 반 면, 속력 speed 은 다섯 개의 철자로 되어 있고 죽음 death 도 그 렇다.

짧은 문구이지만 의미심장한 문구가 아닐 수 없다. 그래서 우리 옛말에도 "급할수록 돌아가라"는 말이 있는가 보다.

어른이 되어갈수록 우리는 삶의 속도에 길들여지고 속력 을 내기에 바쁘다. 자동차 열쇠를 잃어버리거나, 핸드폰을 못

찾거나, 인터넷이 다운되면 우리는 조급해지고 불안해한다.

하지만 어린아이들은 다르다. 어른과 달리 쉽게 마음을 빼앗기거나 조급해하지 않는 어린아이들이 때론 마냥 부럽기만 하다.

얼마 전, 아이들이 동물원에 가자고 귀가 닳도록 노래해서 큰맘 먹고 가족 나들이를 하게 되었다. 그렇게 흥분하던 아이들이 두 시간 가까이 뜨거운 태양 아래서 걷고 나더니 걸음걸이도 느려지고 지친 모습이 역력해 보였다. 마치 다 죽어가는 풀잎 같았고, 오히려 빨리 집에 가자고 아우성이었다.

그중에서도 막내가 저만치 뒤에 처져서 느릿느릿하게 따라온다. 앞서가는 언니는 불안한 마음이 들어서인지 아니면 간신히 뒤따라오는 여동생이 측은해 보였는지, 염려하는 목소리로 동생을 부른다.

"야, 예진아, 빨리 와~!"

그러자 동생 예진이가 축 늘어진 어깨를 치켜들면서 신경질적인 목소리로 대꾸한다.

"나 지금 와구 있어!"(당시 세 살 된 막내의 우리말 실력이다. 와구 있어 = 가고 있어)

다시 말해 예진이는 지금 이 속도도 괜찮다는 것이다. 언니처럼 빨리 걸을 수는 없지만 자기도 나름대로 노력하고 있는 중이고 자기는 지금 이 속도에, 지금 이대로에 만족한다는 뜻이다. 결국 더 빨리 갈 힘도 없기에 언니가 기다리든 말든 알아서 하라는 말인 셈이다.

우리는 상대방을 재촉하기에 바쁘다. 내 걸음걸이에 맞추어 속도를 늦추거나, 속력을 내주길 말이다. 하지만 아이들은 다르다. 속도에 큰 의미를 두지 않는다. 속도보단 방향이 중요하다. 지금 나의 지친 발걸음이 집으로만 향하고 있다면 현재 이대로의 속도나 걸음걸이는 아무런 문제가 되지 않기 때문이다.

어린아이들에게는 시간 개념조차 거의 없는 관계로 시간에 목숨을 걸지 않는다. 대부분의 경우에는 시계의 필요성도 못 느끼며 산다. 어린아이들은 밤이 되면 잠에 들고, 아침이 되면 일어난다. 그것이 어쩌면 시간의 전부이다. 엄마 아빠가 움직이면 엄마 아빠를 따라서 움직이는 것, 그것이 곧 시간이 된다. 그래서 조급해하지 않는다. 남들이 너무 느리다고 탓하거나 빨리 가자고 재촉하지 않는다.

미쉐린에서 만든 사하라 지도가 있다. 미쉐린은 타이어만 만드는 것이 아니라 운전자들을 위한 지도도 만드는데 미쉐

계인호 1993년생 봄나무

아이들은 조급해하지 않는다
남들이 너무 느리다고 탓하거나
빨리 가자고 재촉하지 않는다

린의 지도는 세계적으로 유명하다. 미쉐린의 사하라 지도에는 사막을 여행하는 여행자들을 위해 가르다이아, 타만라세트, 통북투 같은 주요한 오아시스 마을이 다 표시되어 있다. 게다가 그 지도는 단순히 거기서 그치지 않고 외딴 곳에 있는 작은 우물까지 표시되어 있다.

그런데 그 우물들은 땅 속에 뚫린 구멍으로 끈에 바가지 하나가 달랑 달려 있는 게 전부다. 그래서 사막을 너무 빨리 건너려고 하다 보면 결국 그 작은 우물들은 쉽게 놓치곤 한다. 사막에서 가장 중요한 오아시스나 우물들은 빨리 갈 때가 아니라 오히려 천천히 갈 때만 발견할 수 있는 것이라는 것을 미쉐린의 지도는 가르쳐준다.

현대인들은 얼마나 빠르게 움직이는가? 아마 옛날 사람들이 우리의 모습을 지켜볼 수 있다면 현기증을 느끼지 않을까 싶다. 속도는 우리 시대에 커다란 우상이 되어버렸다. 현대인들에게 스피드는 돈이나 마찬가지다. 그래서 버스보단 택시를 타고, 더디가는 기차보단 KTX를 선호한다. 느린 것은 질색이다.

결과적으로 우리 사회가 인내할 줄 모르는 성급한 괴물들을 기계처럼 찍어내고 있는 게 아닌가 하는 느낌마저 가끔 든다. 물론 빠른 것은 편하다. 시간을 절약해주는 것도 사실이고, 우리 모두 그 혜택을 날마다 누리며 사는 것도 사실이다 (초고속 인터넷, KTX, 비행기 등). 하지만 너무 빨리 움직이기 때문에 우리도 모르는 사이에 놓치고 있는 것들, 놓치고 마는 사람은 없을까?

최근 우리나라에서 흔히 찾아볼 수 있는 표현 중에 하나는 '확'이라는 표현이다. 한번은 서울역에서 "철도공사 확 바뀌었습니다"라는 문구를 본 적이 있고, 택시 뒤에 "교통사고 확 줄입시다"라는 문구를 본 적도 있다.

하지만 아이러니한 것은 획기적인 발전이나 변화는 '확' 일어나는 법이 없다는 사실이다. 중요한 변화는 하루아침에 일어나기보다는 꾸준한 노력 끝에 일어나기 마련이기 때문이다.

그렇다. 우리는 '확'이라는 표현에 끌릴 수 있다. 하지만 거기에 혹시나 끌려다니지는 않는지 반성할 필요가 있다.

대부분의 경우 진정한 변화는 '확' 이루어지는 것이 아니라 때론 오랜 기간을 거쳐, 천천히 이루어진다는 것을 기억하자. 그것이 오히려 우리에게 가장 안전한 선택이라는 것을 잊지 말자.

가장 빠른 비행기를 만드는 과정은 찬찬히, 면밀하게, 기계의 모든 면을 점검하는 절차를 먼저 거치지 않고서는 불가능한 일이다. 빠른 것이 전부가 아님을 명심하자.

얼마 전 어느 학교를 건축하는 과정에서 서양 사람들이 공사를 관리하고 진행하는 것을 관찰할 기회가 있었다. 그런데, 한국에서의 짧지 않은 그들의 방문 기간 중 가장 힘들었던 것은 바로 '빨리빨리' 문화였다고 한다. 그들은 시멘트가 완전히 굳기까지 21일이 걸린다고 보기 때문에 어떤 경우에도 그것을 위반하는 경우가 없다. 그것은 과학적으로 증명된 사실이기에, 그것을 무시하면 건물이 위험하다는 주장이었다.

그런데 문제는 그 과정에서 한국업자들이 무려 21일 동안 기다려야 된다는 것이었다. 우리 측 관리자들은 하나 같이 말도 안 된다고 아우성이었다. 어느 정도 마르면 됐지, 왜 꼭 21일을 기다려야 되느냐는 얘기다. 하지만 서양 사람들은 그 과정을 건너뛰면, 자기들은 아예 손을 떼고 돌아가겠다고 했다.

나는 그 정도로 섬세하게 공사를 진행하는 모습에 감탄하지 않을 수 없었다. 사실, 그들은 그 건물의 혜택을 누리게 될 사람들이 아니라, 곧 외국으로 돌아갈 사람들이다. 어찌 보면 일을 빨리 마치고 돌아가는 것이 그들에겐 훨씬 유익한 일이다. 그렇지만 그 어떤 것보다도 그들이 가장 중요하게 여기는 것은 바로 건물을 사용하게 될 사람들의 안전이었다.

많은 경우 과정을 무시한 채 무조건 공사를 빨리 진행하는 데만 우선 순위를 두는 우리들 입장에선 반성해야 할 점이 있다. 바로 우리의 '빨리빨리' 심리가 결국 우리나라를 세계에서 안전사고가 가장 많은 나라로 만들어버렸다. 어느 전문가의 설명에 의하면 건축 현장에서 가장 높은 사망률이 발생하는 나라가 우리나라라고 한다.

다음과 같은 이야기를 들은 적도 있다.

부산항에 있는 부두에 큰 여객선 한 척이 있었다. 그런데 그 배를 향해 있는 힘을 다해 달려가는 어느 중년 여성이 있었다고 한다. 구두를 신은 채 100미터 달리기를 하듯이 달려가서 껑충 뛰었지만 아쉽게도 그만 물에 빠지고 말았다. 그 광경을 배 안에서 지켜보던 어느 노인이 혀를 차며 한마디 했다.

"거의 다 왔는데, 뭐가 그리 급한 겨?"

그 중년 여인은 부두에 도착하는 배를 출발하는 배로 착각한 나머지 있는 힘을 다해 점프하다가 물에 빠진 것이다. 우스운 이야기이지만, 우리 시대의 현주소를 역설해주는 이야기다.

중요한 것은 속도가 아니라 방향이다. 잘못된 방향으로 빨리 가기보다는 바른 방향으로 천천히 가는 것이 더 빠른 길이다.

가끔씩 가던 길을 멈추고 내가 가는 방향이 맞는지 어린아이들처럼 확인해본다. 이 길이 내가 꿈꾸던 그 길이 맞는지, 바른 방향이 틀림없는지.

아버지의 나침반

아들과 아버지에 관한 이야기가 있다.

사막 한복판에서 아버지와 아들이 며칠째 걷고 있었다. 그래도 사막의 끝이 보이질 않자 불안한 아들은 자꾸만 시계를 들여다보았다. 조금 더 가도 여전히 사막의 끝은 보이질 않았다. 힘들고 지친 아들은 답답한 마음을 더 이상 견디지 못해 계속 불평만 늘어놓았다. "과연 이 사막을 벗어날 수 있느냐", "아버지는 나침반을 제대로 보실 줄 아느냐", 하면서 아들은 틈만 나면 "죽겠다"고 난리였다. 하지만 아버지는 아무 말 없이 계속 나침반만 내려다보았다.

시계만 보는 아들, 그리고 나침반을 보는 아빠, 두 부자는 그렇게 사막을 걷고 있었다. 여러 날을 그렇게 걸었다. 길고 긴 여행 끝에 두 부자는 목적지에 무사히 도착했다. 그때 아버지는 아들에게 말했다고 한다.

"시간이란 그다지 중요한 게 아니란다. 그보다 더 중요한 건 방향이라는 사실을 잊지 말아라."

그러면서 나침반을 아들에게 선물로 주었다. 그러자 아들은 손목에 차고 있던 시계를 풀어서 아버지께 드렸다.

"고맙습니다, 아버지. 이건 제가 스스로 방향을 가늠할 수 있을 때까지만 보관해주십시오."

속도보단 방향이 더 중요하다는 표현에 아무리 익숙해도, 그렇게 살기란 좀처럼 어려운 일이 아닐 수 없다. 하지만 빠르게 달린다고 무조건 목적지에 더 일찍이 도착하는 법은 없음을 우리는 길을 잃고 헤맨 경험을 한 이후에야 배우게 된다.

가끔씩 우리의 속도를 줄이고 방향을 점검하는 것, 그것이 바로 지혜다.

불완전의 법칙

이대로도 괜찮다

우리는 어느 순간부터 완전하고 완벽한 인간이 되는 것이 마치 인생의 전부인 것처럼 착각하며 살고 있다. '완벽주의'는 다른 말로 표현하면 '성공주의'와 크게 다름없다. 오늘날 성공주의는 우리 시대의 대표적인 가치관이라고 해도 과언이 아니다.

문제는 그것이 한 사람의 인생에 있어서 얼마나 큰 부담으로 작용하는지 모른다는 것이다. 결국 인생의 실패자로 낙인찍히면 패배 의식이나 열등감으로 인해 정상적인 사회생활을 하는 것도 힘들어진다. 심한 경우에는 자살을 선택하기도 한다.

최근 카이스트나 서울대처럼 소위 '엘리트 코스'라고 불리는 학교에 다니면서도 오히려 자살을 택하는 학생들이 많은 경우가 대표적인 사례다.

그러나 어린아이들이 자살하는 경우는 절대 없다. 자살은 대부분 입시 경쟁을 치르는 수험생들이나 그보다 더 어른들에게서 많이 발생한다. 자살을 택한 사람이 많다는 것은 교육 과정 속에서 잘못된 가치관, 즉 성공주의가 중요하다는 잘못된 사회 인식이 심어진 하나의 증거라고 나는 생각한다.

대부분의 어린아이들은 완벽하거나 완전한 것이 무엇인지 잘 모른다. 아예 그러한 기준이 없기 때문에 자연스럽게 아이들은 완전한 '척' 하지도 않는다. 그렇기 때문에 아이들은 오히려 자신의 실수를 통해 배우고 잘못을 통해 성장한다. 그러나 어른들의 세계는 완전하고 완벽해야 한다고 생각하기 때문에 실수를 지나치게 두려워하는 경향이 많다.

만일 실수와 잘못을 좀 더 용납해주고 서로의 한계를 관대하게 받아준다면 보다 많은 사람들이 새롭고 다양한 일들에 도전하게 되지 않을까? 실수를 지나치게 두려워하거나 타인의 실수를 비난하는 일에 익숙해진다면 보다 창의적이고 건설적인 사회를 만들어가는 과정은 어려워질 수밖에 없다.

그런 의미에서 어린아이들은 실수를 통해, 보다 나은 미래를 건설할 수 있다는 것을 우리에게 보여주고, 실수를 두려워하거나 부끄러워할 이유가 없음을 가르쳐준다.

우리 교회를 다니던 가현이는 아빠의 유학 시절 2년 동안 영국에서 지내게 되었다. 그래서 영국의 유치원을 다니다가 한국으로 돌아왔을 때 한국말을 거의 다시 배워야 되는 셈이었기에 적응이 쉽지 않았다. 그동안 거의 모든 걸 까먹었기 때문이다. 그렇게 새로운 환경과 학교에서 1학년의 첫 교시가 시작되었다.

하루는 선생님께서 숙제를 내주셨다. 숙제의 내용은 평범했지만, 가현이에게는 모든 것이 새롭기만 했다. 수업 첫날 선생님께서 내주신 숙제 역시 가현이에게는 생소하기만 했다. 숙제는 책가방 속의 물건을 모두 꺼내어보고, 그다음에는 그 물건 하나하나가 어떻게 위험할 수 있는지 알아보는 것이다. 다시 말해 물건의 이름과, 그 물건이 위험한 이유를 공책에 적어오는 숙제였다.

물론 가현이가 숙제를 얼마나 정확하게 이해했는지는 모르겠지만 당연히 다른 아이들보다는 어려움이 있었다. 그러나 숙제는 숙제라 가현이는 나름대로 최선을 다해야 했다. 다음은 가현이의 공책에 적혀 있던 내용이다.

"내 책 가방 속의 물건들은 어떻게 위험할 수 있는가?"

연필: 친구의 눈을 찌를 수 있다.

공책: 친구의 눈을 찌를 수 있다.

자: 친구의 눈을 찌를 수 있다.

여기까지는 별 문제가 없었는데, 선생님을 뒤로 자빠지게 한 답은 바로 그다음 칸에 적혀 있었다.

풀: 친구의 눈을 붙일 수 있다.

가현이의 답이 선생님이 원했던 답은 아니었을 수도 있다. 하지만 내 생각엔 매우 창의적인 대답이라고 생각한다. 숙제란 그런 것이다. 완벽한 답을 제출하는 것만이 전부는 아니다. 때론 완벽한 답이란 없을 수도 있다. 우리는 오히려 숙제를 하는 과정을 통해서 배우기 때문이다. 틀린 답을 통해서 배우고 실수와 잘못을 통해서 배우는 것이랄까? 이것이 1학년 가현이가 우리에게 주는 교훈이다.

완벽주의는 위대한 추진력 중의 하나다. 그 덕에 인류가 발전해온 것도 사실이다. 완벽에 도전한 많은 예술가, 스포츠

맨, 과학자 등도 많고 우리는 그들을 우러러보며 심지어는 우상화하기도 한다.

불완전의 법칙. 이것이 바로 어린아이들이 우리에게 주는 교훈이다. 중요한 것은 완전함이나 완벽함이 아니라 실수와 한계를 통해서 배우는 것이다. 내가 있는 삶의 자리에서 최선을 다하는 것이다.

우리 민족은 완벽주의 성향이 강하다. 그러나 완벽주의가 반드시 행복한 삶의 방식은 아니다. 완벽주의는 언제나 '1등'을 놓칠까 싶어 잠시도 긴장을 늦출 수 없는 삶, 작은 실수도 용납하지 못하는 가파르고 숨 막힌 삶, 남의 시선을 항상 의식하는 불안한 삶이기 때문이다.

오히려 조금 부족하고 조금 모자라도, 자신과 타인을 받아들이는 삶을 나는 오늘도 배우고 싶다.

어머님의 유행가

우리 어머님이 예전에 즐기시던 유행가 중에 하나는 〈인생은 미완성〉이라는 노래였다. 가끔 노래를 불러야만 하는 자리가 있으면 그 노래를 부르셔서 주변 사람들로 하여금 배꼽을 잡게 하는 경우가 한두 번이 아니었다.

〈인생은 미완성〉이란 어머님의 유행가는 우리가 살아가는 세상은 궁극적으로 미완성의 세상이기 때문에 결국 인생도 사랑도 미완성이라는 것을 노래하고 있다. 그렇다. 우리가 사는 세상은 완전한 세상과는 거리가 멀다. 완전한 세상이라기보다는 언제나 미움과 다툼과 기근과 고아와 불행과 전쟁이 존재하는 세상이기 때문이다.

중요한 것은 그 세상을 증오하며 사는 것이 아니라, 그 세상을 가슴으로 끌어안고 나로 인해 좀 더 아름다운 세상으로 만들어가는 우리의 노력이 아닐까?

즐거움의 법칙

웃지 않곤 못 산다

평소에 어린아이들을 조금만 관찰하면 아무것도 아닌 것에 쉽게 웃는 모습을 엿볼 수 있다. 지나가는 강아지, 희귀한 얼굴 표정, 방귀 뀌는 소리 등등 할 것 없이 어린아이들에게는 모든 것이 어쩌면 웃음의 대상이다.

웃지 않고는 못 배기는 아이들, 그 아이들을 흉내 낼 수 있다면 얼마나 좋겠는가? 웃어서 손해 볼 일은 없다. 그러니 오늘부터는 좀 더 웃어보자. 더 이상 지체하지 말고, 오늘부터는 우리가 있는 삶의 자리에서 좀 더 웃는 세상을 만들어보자. 나부터 웃자.

웃음 전문가들은 하루에 15분을 웃으면 수명이 이틀 가량 연장이 되고, 하루에 45초를 웃으면 고혈압과 스트레스가 물

지나가는 강아지, 희귀한 얼굴 표정, 방귀 뀌는 소리
어린아이들에게는 모든 것이 웃음의 대상이다

조재현 1994년생 풍선

러간다고 한다.

중요한 것은 웃음도 연습하고 배워야만 된다는 것이다. 흥미로운 사실은 어린아이들은 평균적으로 하루에 200~300번을 웃는 반면, 어른은 평균적으로 하루에 서너 번을 웃는다고 한다. 그만큼 어린아이들에게는 웃음이 자연스러운 것이라고 할 수 있다.

그럼 우리 어른들의 문제는 무엇인가? 왜 나이를 먹으면서 즐거움이 고갈되고 웃음을 상실하고 있는 것일까?

우리도 평소에 아무 거침없이, 자유롭게, 그리고 활짝 웃는 어린아이들을 닮을 수 있다면 얼마나 좋을까? 그렇게만 할 수 있다면 우리가 일하는 일터도, 우리가 생활하는 공간도, 그리고 우리 사회도 얼마나 밝아지겠는가.

웃음에는 전염성이 있다. 웃음은 또 다른 웃음을 낳는다.

뿐만 아니라 대개 여자들이 남자들보다 오래 사는 이유도 비교적 잘 웃기 때문이라고 한다. 그만큼 여자들은 웃음의 때를 놓치는 법이 없다고 한다. 반면에 남자들은 상대적으로 웃음을 곧잘 삼켜버리는 경우가 많아 웃지 않는 습관은 건강에도 부정적인 영향을 미친다고 한다.

몇 해 전에 방영된 '웃찾사'를 보면서 배꼽을 잡았던 기억이 난다. 기억력이 얼마나 정확한지는 모르겠지만 대략적인 내용은 어린아이들이 평소에 크고 작은 실수를 하는 모습을 있는 그대로 담아낸 코너였다.

역사 시간

질문: 중국의 만리장성을 설명해라.

답: 우리 동네 최고의 중국집이다(24시간 영업함).

국어 시간

질문: '엄마 아빠'로 사행시를 만들라.

답: 엄마는 마덜, 아빠는 빠덜.

과학 시간

질문: 만유인력의 법칙을 발견한 사람은?

답: 죽었다(선생님: "너, 교무실로 와라").

웃음은 우울증까지 치료해주는 항울제 역할을 한다. 그래서 미국에만 웃음클럽이 1,000개가 넘고 세계적으로는 3,000개가 넘는다고 한다.

웃음은 순간적으로 고통, 공포, 또는 분노를 사라지게 하고 행복을 느끼게 한다. 웃으면 웃을수록 근심이나 걱정, 그 밖의 부정적 생각이 사라지는 반면 즐거움을 느낄 수 있게 된다.

"웃는 집에 복이 든다"는 옛 속담도 있듯이 웃음은 우리에게 복을 주는 통로이기도 하다.

메릴랜드Maryland 의과대학 연구팀이 심장학회에서 발표한 결과를 보면 웃음은 스트레스로 인해 수축된 혈관을 팽창시켜 혈액 순환이 원활하게 되고 온몸의 신진대사가 활성화된다고 한다.

남 캘리포니아 로마린다Loma Linda 대학교 병리학 및 인체 해부학 리 버크Lee Berk 교수는 웃음의 생리학적 영향을 연구하면서 "즐겁고 행복한 웃음은 해로운 호르몬의 분비를 감소시키고 유익한 호르몬의 분비를 증가시켜준다"는 사실과 함께 "스트레스가 심하면 식욕을 증진하는 코티졸 호르몬이 분비되고, 웃으면 그런 호르몬이 감소되는 동시에 행복 호르몬의 대명사인 엔도르핀이 분비된다"고 발표했다.

웃음이 있는 곳에 행복이 있다. 웃음이 있는 곳에 건강이 있다. 그리고 무엇보다 웃음에는 전염성이 있다.

행복을 전파하는 웃음 전도사

미국에서 잠시 머무는 동안 만나게 된 귀한 분 중에 문홍범 선생님이 계신다. LA 지역에서는 '스마일을 전파하는 교정치과 전문의'로 통하는 분이기도 하다. 무엇보다도 문 선생님은 미소의 파급 효과에 대해 누구보다도 잘 알고 있고, 그를 만나면 자신도 모르게 미소 짓는 것을 발견할 수 있게 된다.

치아 교정도 중요하지만, 문 선생님은 표정이 어두운 사람이 웃을 때의 밝은 표정을 보는 재미로 치아 교정에 전념한다고 한다. 그를 찾는 고객들을 위해 문 선생님이 치아 교정에 앞서 '스마일 연습'을 시키기로 유명한 이유도 결국 밝고 건강한 미소를 만들어주는 것이 그의 꿈이기 때문이다.

바쁘고 힘들수록 웃음을 잃지 않고 살았으면 하는 마음에서 문 선생님은 오늘도 '스마일 캠페인'을 펼치고 있다. 그의 표현에 의하면 "미소는 남에게 보여주기 위한 것이 아니라 스스로에게도 힘을 주는 것이기에 의식적으로라도 밝게 웃으면 인생도 밝아지고 몸도 건강해진다"면서 국내외로 '미소학' 강의를 널리 펼치고 있다. 그만큼 그가 사명을 갖고 있는 것은 웃음과 미소를 전파하는 메신저로서의 역할이라고 말한다. 웃음을 전파하고 행복을 전도하는 '웃음 전도사', 그럴

듯한 별명이다.

이렇듯 밝게 웃는 법에 관해 어린아이들에게 배울 점이 있다. 어린아이와 놀아주다 보면 흔히 겪을 수 있는 일 중에 이런 것이 있다.

어린아이를 공중으로 가볍게 던졌다가 받아주면 아이는 무서워하지 않고 한 번 더 해달라고 조를 것이다. 그래서 한 번 더 똑같이 해주면 좋아서 깔깔거리며 웃으며 "한 번 더 해주세요" 하고 조른다.

몇 번을 해주어도 마찬가지다. 공중으로 던져줄 때마다 아이는 웃으며 좋아할 것이고, 심지어 몇 십 분이 지나도 지루해하지 않는다. 마치 웃는 병이라도 걸린 사람처럼 기뻐하면서 "한 번 더 해주세요" 하고 조를 것이다.

아이들은 작은 일에서도 행복을 느낄 수 있고 그것이 반복되어도 쉽게 지루해하지 않는다. 의식적으로라도 밝게 웃어야 하는 어른들에게 어떻게 하면 웃을 수 있는지 가르쳐주는 것이다.

우리들 안에도 이런 어린아이와 같이 들뜨는 마음이 충분히 있을 수 있다. 그런데 그 마음은 오랜 과거의 추억 속에만 머물러 있을 필요가 없다. 오히려 그와 같은 감격의 순간들은 내가 있는 삶의 자리에서 단조롭고 지루한 일상을 초월하게 하는 에너지가 될 수 있다. 그로

인해 매일의 일상 속에서 반복되는 일들조차도 "한 번 더!" 하며 외칠
수 있는 통로가 되는 것이다.

놀이의 법칙
창조적으로 논다

아이들은 특별한 장난감이 없어도 창의적으로 놀잇거리를 찾아내는 데 별 어려움이 없다. 나이가 어릴수록 어쩌면 눈에 보이는 모든 것이 장난감처럼 비춰질 수도 있을 정도로 아이들은 놀이를 발명해내는 데 도사다.

밖에서는 풀잎 하나, 혹은 개미 한 마리가 아이들의 장난감이 될 수도 있는가 하면, 집 안에서는 수저 하나 또는 양동이 하나 역시 그럴싸한 장난감으로 순식간에 변신할 수 있기 때문이다. 그만큼 어린아이들에게 있어 놀이는 자연스러운 것이라고 할 수 있다.

어른들은 바캉스를 가기 위해, 혹은 주말여행을 위해 대부분의 경우 사전 계획을 세우게 된다. 물론 쉴 수 있는 날이 제

한적이고, 예약 문화가 점점 더 보편화되니 그것은 어쩔 수 없는 현실이 되었다.

하지만 평소 어른들의 하루 일정에 '놀이'라는 시간은 별도로 할애되지 않는다. 그래서 자신이 즐기는 어떤 것에 의도적으로 정기적으로 시간을 투자하는 것이야말로 현명하고 가치 있는 일이다.

그러나 아무리 놀고 싶고 쉬고 싶어도 마음의 여유가 없다면 어떤 놀이나 레포츠도 그림의 떡일 수 밖에 없기 마련이다. 하지만 그럴수록 창의적으로 휴식할 수 있는 방법을 터득하는 것이 중요하다. 가급적이면 하루의 일과 중에서 10분 내지 15분만이라도 자신이 즐기는 어떤 것(산책, 독서, 음악 감상, 커피, 묵상 등)에 몰두하는 연습을 하는 것이 가장 현실적인 방법이 될 수 있을 것이다.

거꾸로 어린아이들은 특별한 계획 없이 삶 자체가 놀이에 익숙해져 있고 끊임없이 새로운 놀이를 '만들어' 간다. 이것은 지극히 자연적인 현상이자 건강한 현상이라고 할 수 있다. 그만큼 아이들은 놀이에 적극적이고 창의적이다. 어린 자녀들을 키워본 부모라면 장난감이나 컴퓨터 게임이 없이도 아이들은 어떤 환경 속에서도 충분히 창의적인 놀이를 즐길 수 있다는 사실을 쉽게 실감할 수 있다.

루이스[C.S. Lewis]는 《예기치 못한 기쁨》에서 우리에게 놀이에 대한 일종의 암시를 준다. 루이스는 놀이가 시간과 공간 속에서 어떻게 우리를 들어 올려 영생을 맛보게 해주는 환희의 상태로 데려다 주는지 말해주고 있다.

놀이의 힘은 우리가 있는 삶의 자리에서 우리를 '들어 올리는' 힘인 셈이다. 반대로 놀이가 전혀 없다면 우리의 발걸음은 그만큼 무겁게 느껴질 수밖에 없다.

우리가 흔히 말하는 레크레이션[recreation]이란 말은 두 가지의 단어 re와 creation이 모아진 합성어로 re-creation이라고 할 수 있다. 결국 본래의 의미에 의하면 레크레이션은 우리 안에 재창조의 힘을 제공하거나 증진시키는 효과가 있다는 뜻인 것이다.

쉼과 놀이를 통해 우리는 보다 효율적으로 일을 할 수 있고 더욱 풍요로운 생산도 가능해진다. 그만큼 놀이는 우리를 더 창조적인 존재로 만들어 가는 데 필수적인 요소라고 할 수 있다. 놀이가 충분치 않을 경우 새롭고 창조적인 것들을 만들어 갈 수 없다는 의미나 마찬가지다.

내일을 위한 투자, 휴식

　내가 아는 분 중에는 1년에 한 가지씩 전혀 새로운 일에 도전을 하는 흥미로운 습관을 갖고 있기로 유명한 분이 있다. 누구나 날마다 똑같이 반복되는 일상에 지쳐 쉽게 지루해지기 마련이지만 그러한 흐름을 역주행하려는 일종의 몸부림이랄까? 하지만 그렇게 할 때 우리가 평소에 하는 일에도 더 큰 보람을 느끼지 않을까 싶다.

　어쨌든, 나도 그분의 영향을 받아 1년에 한 가지씩 전혀 안 해본 것에 도전해보기로 했다. 첫 번째는 글쓰기, 두 번째는 스노보드, 세 번째는 오토바이 면허, 네 번째는 미술 공부 등의 순서로 말이다. 그것이 무엇이든 우리가 즐길 수 있는 어떤 것에 시간을 조금이라도 투자할 수만 있다면 그것은 우리의 몸과 마음에 적지 않은 힘이 되는 것을 발견할 수 있다.

　사람마다 제각기 개인의 취향이나 취미가 다른 관계로 어른들의 '놀이' 문화는 그만큼 다양할 수밖에 없다. 하지만 그것이 어떤 것이든, 내가 평소에 가장 즐기고 만족할 만한 놀이를 한두 가지 정도 벗삼는 것은 곧 삶의 지혜가 아닐까 싶다. 특히나 평소에 잘 쉬지 못하는 A형 성격(type A)을 가졌다면 각별히 주의를 기울여서 틈틈이 즐길 수 있는 운동이나 레저 활동을 적극적으로 찾아봄 직하다.

여가나 휴식은 멀리 뛰기 위해서 준비하는 것이라고 어느 저자는 말한다. 그런 의미에서 '오늘의 여가는 내일을 위해서 몸과 마음을 가꾸는 것' 이다.

영어로 '휴식' 이라는 뜻이 담긴 'retreat' 는 원래 군사 용어로서, 우리말로 직역하면 '후퇴한다' 는 뜻이다. 하지만 서양 사람들은 이 단어를 레저나 휴식에 적용하는 것을 볼 수 있듯이 그 단어 속에는 잠시 후퇴한다는 뜻, 일상에서 잠깐 벗어났다가 다시 원위치로 돌아온다는 의미가 담겨 있다.

여유로움의 법칙
자신감이 넘친다

어린아이들의 모습 속에서 우리는 일종의 자신감을 쉽게 발견할 수 있다. 그것은 그만큼 아이들이 여유가 있다는 증거다.

우리는 어린아이들의 재치나 유머 감각이 남다르다는 것을 관찰과 경험을 통해 확인할 수 있다. 어린아이들처럼 천진난만하고 꾸밈없는 감각은 누구도 흉내 내기 어려운 모습이다. 그러한 여유로움은 어른들의 세계에서 찾아보기 드문 현상이다. 어린아이들의 여유로움은 항상 신선하기만 하다.

어떤 아이가 선생님께 여쭈어본다.

"선생님, 선생님, 고래가 사람을 삼킬 수 있나요?"

선생님은 대답하신다.

"야 인석아, 정신 차려. 당연히 삼킬 수 없지!"

그러자 아이가 또 묻는다.

"그럼 성경 속의 요나 이야기는요?"

"그건 불가능한 일이야, 인마. 다 뻥이라고. 교회에서 가르치는 것, 무조건 다 믿는 게 아니야!"

그러자 그 녀석 또 말한다.

"그럼 제가 나중에 천국에 가면 요나한테 물어볼게요. 그게 진짜였는지 아니었는지 말이에요."

그러자 선생님은 짜증을 내며 말한다.

"인석아, 만일에 요나가 천국에 안 가고 지옥에 갔으면 어떻게 할래?"

아이는 당당하게 대답한다.

"그럼 선생님이 물어보세요."

아이들의 재치는 어른들이 따라가려야 따라갈 수 없는 것 같다.

여유는 삶에 활력과 에너지를 불어넣어준다. 그러나 우리는 때때로 너무나 분주하고 삶의 여정이 가파른 나머지 우리에게 에너지를 공급해줄 여유로움을 놓치기 쉽다. 문제는 그 여유로움을 놓치게 될 때 우리는 삶의 의욕이나 자신감마저 잃게 된다는 것이다.

어린아이들의 여유로움은
항상 신선하기만 하다

김세중 1995년생 물감 그려 붓 그려

여유로움은 별다른 것이 아니다. 여유를 얻어내는 특별한 기술이 필요한 것도 아니다. 내가 있는 삶의 자리에서 나 자신에 대해서, 그리고 나의 잘못이나 실수에 대해서 웃어넘길 수 있는 마음의 여유, 그것이 우리가 가장 먼저 회복해야 할 요소가 아닐까 싶다.

그 여유로움은 누가 나에게 줄 수 있는 것이 아니다. 오히려 내가 스스로 찾아야만 하는 것이다.

승완이 아빠는 어린 승완이를 데리고 산책을 간다. 그럴 때마다 예의 바른 승완이는 어른들을 그냥 지나치는 법이 없다. 어김없이 머리를 숙여서 큰 목소리로 "안녕하세요" 하며 인사를 건네는 승완이는 인사성이 좋다는 칭찬을 자주 듣는다.

그런데 승완이의 인사를 받아주는 어른들은 평균적으로 20명 중에 한 명 꼴밖에 되지 않아 아빠에게는 승완이의 성의와 노력이 늘 안타깝게만 보인다. 아무런 반응 없이 지나치는 어른들의 모습에 짜증이 나기도 하고 마음이 아프기만 하다. 그래도 어린 승완이가 쉽게 포기하지 않는 모습이 기특하기만 하다.

하지만 똑같은 반응이 지속되자 승완이 아빠는 참다못해 승완이를 간절히 타이른다.

"승완아, 뭐 하러 자꾸만 인사를 해, 받지도 않는데? 이제 그만하자, 응?"

그때 승완이가 아무런 상관없다는 듯이 아빠를 바라보며 침착하게 대답한다.

"아빠, 괜찮아. 그래도 할머니들은 인사를 받아주시거든."

그렇다. 어린아이들에게는 우리가 놓치는 것을 볼 줄 아는 특별한 능력이 있는 것 같다. 열에 아홉 명이 모른 척해도, 한 명만 내 인사를 받아준다면, 한 분의 할머니만 나를 아는 척해준다면 문제가 없다는 것이다.

긴장을 풀어준 유머

　자신감이 넘치면서도 겸손한 그런 모습이 바로 어린아이들의 모습이 아닐까 싶다. 모든 걸 다 알지는 못한다고 누구보다 먼저 인정할 만한, 그런 겸손한 모습 말이다. 하지만 때로는 어른들 중에서도 그런 겸손함과 자신감을 겸비한 사람들이 있는 것을 발견할 수 있고, 그 모습은 적지 않은 도전이 된다.

　몇 해 전에 미국을 방문했을 때 덴버발 오렌지카운티행 비행기를 탔을 때의 일이다. 비행기를 타면 대부분의 경우 이륙을 한 뒤에 스피커를 통해 기장이 간단한 인사말을 건네게 된다. 하지만 그날따라 기장이 건넨 인사말은 남달랐다.

　그가 처음 건넨 말은 그날 조종하게 된 것이 엄청 흥분이 된다는 말이었다. 그다음에 그가 건네는 말은, 기내에 탑승한 승객들도 약간 긴장될 수 있지만 기장은 비행기 조종이 이번이 두 번째이기 때문에 똑같이 긴장된다는 것 아닌가?

　비행기를 탄 사람들은 하나같이 기겁을 하면서 뒤로 자빠질 것처럼 보였고, 다들 불안에 떠는 눈빛이 역력했다. 순간적으로 사람들 얼굴색이 하얗게 창백해지는 것을 볼 수 있었고 평소에 기도를 안 할 것 같아 보이는 사람들도 갑자기 두 손 모아 기도하는 모습까지 볼 수 있었다.

바로 그때 기장이 다시 나와서 여유 있는 음성으로 이렇게 말했다.

"비행기 조종이 두 번째라는 말은 농담입니다. 사실은 40년 동안 조종한 경력이 있으니, 편안한 여행 되십시오"

하는 것 아닌가? 그때 그가 가볍게 웃으면서 건넸던 그 인사말은 쉽게 잊을 수 없을 것 같다.

잔뜩 긴장된 승객들의 마음을 심플한 유머로 녹여주는 재치는 역시 40년 경험 속에서 나오는 것이 아닐까 싶다. 모순적인 말 같지만 그 기장의 모습은 '자신감 넘치는 겸손'이었다.

우선멈춤의 법칙

정기적으로 멈춘다

우리가 평소에 바쁘게 움직일 수 있고, 일을 할 수 있다는 것은 그야말로 고맙고 감사한 일이다. 그렇기 때문에 건강한 사람은 일을 해야만 된다.

일은 단순히 먹고 살기 위한 생활 수단이 아니다. 일은 우리에게 삶의 의미를 부여해주기도 하며 우리에게 필요한 의욕을 준다. 일은 소속감을 심어주며 나의 가족을 넘어 이웃을 섬길 수 있는 통로 중에 하나다.

하지만 멈추지 않을 때 우리는 결국 무언가를 잃게 되고 때로는 가장 소중한 것을 잃게 되는 경우도 많다. 일도 중요하지만 정기적으로 멈추어서 우리의 방향과 속도를 점검하는 것은 더 중요하고 가치 있는 일이다.

우리가 15분 운전 거리를 과속할 때 평균적으로 단축되는 시간은 대략 2~5초 밖에 되지 않는다고 한다. 그렇게 같은 거리를 매일 매일 50년 동안 반복했을 때, 결과적으로 단축되는 시간은 약 7만 3,000초, 다시 말해 20시간 밖에 되지 않는다.

그렇지만 그렇게 과속할 때 교통사고가 날 확률은 무척 높기 마련이다. 평생 20시간을 줄이려고 하다가 자칫 잘못하면 우리의 수명이 20년, 아니 그 이상 단축될 수도 있다. 그래서 조금 더디가더라도 속도를 줄이는 편이 더 좋다. 그리고 강제로 멈추어야 하기 전에 스스로 멈추는 습관을 갖는 것 역시 나쁘지 않은 선택이라 할 수 있다.

영국 비틀스The Beatles의 리드 싱어 폴 매카트니Paul McCartney는 그룹이 투어를 그만두게 된 배경을 다음과 같이 설명한 바 있다.

우리의 팬들이 그렇게 열광하며 소리를 지르는 동안 우리 밴드는 점점 더 실력이 나빠지고 있었다. 팬들이 우리를 그토록 반겨주는 것은 고무적이었지만 우리는 우리가 연주하는 우리 음악을 들을 수 없었다.

소음으로 인해 밴드로서 자신들이 들어야 할 가장 중요한 것, 자신의 음악을 듣지 못할 정도였기에 투어를 '멈추어야 된다는 고백이 세계적인 록 밴드 비틀스의 고백이다.

매카트니의 결단은 세상을 놀라게 했지만 유명 가수들이 인기에 도취되어 더 이상 자신의 음악조차 알아들을 수 없는 상태로 계속 노래를 한다는 것은 그에게 미친 짓이나 다름이 없었던 것이다. 매카트니는 그렇게 음악을 지속할 수는 없는 노릇이기에 차라리 완전히 멈추는 것이 필요하다고 생각했던 것이다.

어린아이들과 함께 놀거나 길을 걷다 보면 나이가 어린아이일수록 어른의 위치를 반복적으로 확인하는 것을 볼 수 있다. 하지만 뒤를 돌아보기 위해서는 반드시 먼저 멈추어 서야 한다. 멈추어서서 뒤를 돌아보는 것이다. 그리고 엄마나 아빠 또는 그 밖의 보호자의 위치가 확인되면 비로소 다시 앞으로 움직인다. 하지만 엄마나 아빠가 보이지 않을 때 아이는 정서가 불안해지기 시작하고 이곳저곳 살피게 된다.

어린아이들에게 있어 멈추는 것은 앞으로 갈 수 있게 해주는 원동력 역할을 한다. 정기적으로 멈추어설때, 그리고 그렇게 서서 보호자의 위치를 확인할 때 비로소 앞으로 나아가는 것이 가능해진다.

그렇게 멈출 때마다 아이들의 걸음걸이가 느려지는 것 같지만 사실은 멈추면 멈출수록 더욱 멀리 갈 수 있다는 원리는 아이들이 우리에게 주는 교훈이다.

레이첼 레멘Rachel Remen은 그녀의 책에서 멈춤에 대해서 다음과 같이 말해주고 있다.

인생은 우리에게 쉬지 말고 길을 가라고 재촉하지만, 우리에게는 멈추어 쉬는 시간이 필요하다. 평소에 멈추어서서 삶을 되돌아볼 만큼 여유를 지닌 사람은 거의 없다. 그런데 전혀 예상하지 않았던 어떤 일이 일어났을 때, 예를 들어 갑자기 병이 찾아왔거나 어려움이 닥쳐왔을 때, 우리는 가던 길을 멈추고 인생이라는 식탁에 둘러앉아 이야기를 나눌 시간을 갖게 된다.

《그대 만난 뒤 삶에 눈떴네》(이루파) 중에서

예상하지 않았던 어떤 일이 일어나기 전에, 병이 찾아오거나 어려움이 닥쳐오기 전에 멈출 줄 안다면 얼마나 좋을까? 어린아이들처럼 멈추어서 뒤를 보고 내가 가고자 하는 길을 확인하면서 갈 수 있다면 얼마나 많은 불행을 면할 수 있겠는가 말이다.

문제는 대부분의 경우 우리는 뒤늦게 멈춘다는 것이다. '아침편지'의 대표 고도원은 두 종류의 멈춤이 있다고 설명해준다.

> 두 종류의 멈춰 서는 경우가 있습니다. 하나는 쉬기 위해 멈추는 경우이고, 다른 하나는 쉬지 않고 달리다가 고장 나서 어쩔 수 없이 멈춰서는 경우입니다. 쉬기 위해 멈추면 휴식과 충전과 여유를 얻게 되지만 고장이 나서 멈추게 되면 뒤늦은 후회와 회한만이 되돌아옵니다.
>
> 고도원의 〈아침편지〉 중에서

미국에서의 안식년 동안 길거리에서 운전을 하면서 유난히 자주 눈에 띄는 것은 멈춤 표지판이다. 때론 너무 많아서 귀찮게 느껴지기도 한다. 하지만 무시하면 운전자만 손해를 본다. 멈춤 표지판은 크고 작은 사고를 예방해주는 가장 효과적인 안전장치 중에 하나이기 때문이다.

미국의 운전면허 시험에 어김없이 등장하는 질문 중에 하나도 바로 멈춤 표지판에 관한 질문이다. 멈춤 표지판이 나오

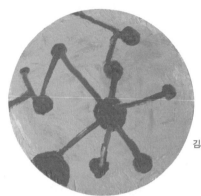

김세중 1995년생 에버랜드 롤러코스터

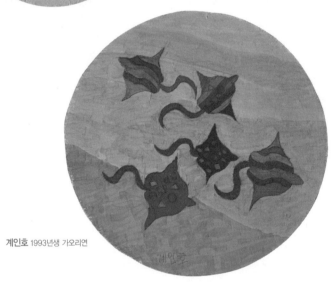

계인호 1993년생 가오리연

멈출 때마다 아이들의 걸음걸이가 느려지는 것 같지만
사실은 멈추면 멈출수록 더욱 멀리 갈 수 있다

면 완전히 멈추어야만 된다는 내용이다. 그렇게 완전히 멈추어야만 주위를 정확하게 살필 수 있고 사고의 확률을 줄일 수 있기 때문이다.

그러고 보면 우리의 일상도 크게 다르지 않다. 바쁘다는 이유로 내면의 멈춤 표지판을 무시하고 싶은 순간이 얼마나 많은가? 하지만 멈추지 않을 때 우리는 정확히 볼 수 없고, 때론 사고를 치게 된다.

반대로, 정기적으로 멈추어설 때 우리는 보다 정확하게 나 자신과 주변 세상을 볼 수 있게 된다. 완전히 멈출 때 우리는 속사람의 크고 작은 필요를 볼 수 있고, 좌우를 살필 수 있게 되는 것이다.

길거리의 멈춤 표지판이 때론 아무리 귀찮게 느껴져도 나의 안전과 유익을 위해 존재하는 것처럼 내면의 멈춤 표지판을 무시하지 않을 때 우리는 가장 안전할 수 있다.

멈추어야 보이는 것들

잠깐 멈출 줄 안다면

보이지 않던 것을 보게 된다.

하늘에 떠가는 구름을 본 적이 그 언제이던가?

잠깐 멈출 줄 안다면

듣지 못하던 소리가 들린다.

최근에 참새 지저귀는 소리를 들어본 적이 있는가?

잠깐 멈추어서면 눈이 열린다, 귀가 열린다.

그리고 우리는 신비스러움을 만나게 된다.

정신없이 달려가면 놓치는 게 너무 많다.

잠깐 멈추어야 정신을 차릴 수 있다.

열정보다 중요한 것이 방향이다.

잠깐 멈추어서서 한번 제대로 살아갈 궁리를 해볼 일이다.

잠깐 멈출 줄 안다면

우리 인생이 얼마나 풍성한지를 금세 눈치채게 될 것이다.

지금 잠깐 멈추어보자.

생각도

눈도

우리의 입도

귀도

잠깐 멈출 줄 안다면 넉넉한 인생이 보이지 않을까?

한용구 목사 〈향기나는 편지〉에서

음악에는 음율을 기록하는 음표와 쉼표가 있다.

대부분 연주가들은 음표는 매우 심도 있게 다루지만 쉼표에 대해서는 그 중요성을 덜 두는 경향이 있다고 한다. 그렇지만 20세기 최대의 지휘자 토스카니니 Toscanini 는 음악 연주에서의 쉼표는 음표보다 더 소중하다고 역설한 바 있다. 쉼표를 잘 다스리는 연주가가 결국 최고의 예술가라는 것이다.

성장의 법칙
넘어지며 배운다

어린아이들은 저절로 성장하지 않는다. 엄마 뱃속에서 나와서 넘어지지 않고 걷는 아이는 없다. 어린아이들은 넘어지면서 자라나기 때문이다.

아이들이 정상적으로 걷는 것을 배우기까지 평소에 2,000번 가량을 넘어진다고 한다. 그만큼 걷고 뛰기 위해서는 먼저 '넘어지는' 과정이 있어야 된다는 뜻이다.

큰딸이 하루는 자전거를 배우고 싶어했다. 보조 바퀴가 이제는 시시하다는 것이다. 그런데 문제는 시간이었다. 어떻게 짬을 낼 것인가가 가장 큰 숙제였다. 그래도 마음속으로 다짐을 했다. '아이가 자전거를 배우는 것만큼은 내가 직접 가르쳐줘야지.'

그렇지 않으면 나중에 가서 후회를 하게 될 것만 같았다. 그래서 결단을 내렸다. 일곱 번째 생일 선물로 자전거 타는 법을 가르쳐주기로. 그렇게 해야만 나중에 아이가 혹시라도 불평하면 할 말이 있을 것 같았다.

"아빠는 도대체 날 위해 뭘 해줬어?"

"아빠는 일만 하느라고 나하곤 한 번도 못 놀아줬지?"

"아빠는 나한테 자전거 타는 법도 안 가르쳐줬지?"

　만에 하나 이렇게 나오더라도 할 말이 있도록 결국에는 이를 악물고 가르쳐주었다. 아무리 바빠도 짬을 내서 가르쳐주었다.

　시간이 남아돌아서 그렇게 한 것이 아니다. 할 일이 없어서 그런 것도 아니다. 그렇게 할 수 있었던 것은, 내 딸이었기 때문이고, 내 딸이 가장 원하는 것 때문이었기 때문이다. 나의 아이이기 때문이고, 내가 사랑하는 자녀이기 때문이고, 그 아이가 자전거를 배우고 싶었기 때문이다.

　그 과정이 쉬웠냐고 물어본다면 결코 아니라고 나는 대답할 것이다. 포기하고 싶은 순간은 혹시 없었냐고 물어본다면 여러 차례 있었다고 대답할 것이다. 하지만 그 아이를 사랑하기 때문에 할 수 있었던 것이다.

아이가 자전거를 성공적으로 배우게 하기 위해서 처음에는 뒤에서 자전거를 잡아주면서 자전거 위에 올라앉은 아이와 호흡을 맞추어가면서 뛰어야 한다. 그것도 여러 차례, 며칠을 반복해야만 된다. 한 번에 안 되기 때문이다. 한 번에 된다면 누구나 배울 수 있을 것 아니겠는가?

그렇게 나는 땀을 뻘뻘 흘리면서, 소리를 빽빽 지르면서 가르쳐주었다.

"혜진아, 핸들 똑바로 잡아야지." "뒤 돌아보지 말고!" "앞만 보라니까~" "그렇지 균형, 균형!" "겁먹지 말고!" "한쪽으로 너무 기울면 안 돼!" "페달은 계속해서 밟고." "그렇지, 자신 있게." "자세, 자세. 허리 똑바로 펴고!" "조금 더 빨리, 더 빨리!" "너무 느리게 가면 또 넘어진다." "그렇지!" "다리에 힘주고!" "균형 잃지 말고!" "균형 잃지 말라니까!" "자꾸만 뒤 돌아보지 마~." "손 놓지 말고." "핸들, 핸들 잡으라니까."

위의 과정을 반복하면서도 딸아이는 여러 차례 넘어진다. 그러면 나는 좀 더 부드럽게 가르치려고 애를 쓴다.

"괜찮아, 괜찮아. 자전거는 원래 넘어지면서 배우는 거야." "자, 다시 하자. 다시 일어나야지. 조금만 더 연습하면 돼."

그 과정 속에서 아이는 손도 까지고 무릎도 여러 번 까지게 된다. 그러다가 어느 순간부터인가, 뒤에서 자전거를 잡고 있던 내 손을 서서히 놓기 시작한다. 아이가 어느 정도 준비가 된 것 같아 보이기 때문이다. 그렇게 손을 점점 더 놓게 되면서 혼자 자전거를 타고 달려나가는 순간의 짜릿함, 그리고 그 아이의 얼굴과 웃음과 미소와 표정을 통해 전달되는 것은 표현할 방법이 없을 정도이다. 그렇게 기뻐하고, 자랑스러워하는 모습은 황홀함 그 자체이다.

넘어지지 않거나, 넘어지는 것을 두려워한다면 자전거를 배우기란 여간 어려운 일이 아니다. 걷는 것도 마찬가지고, 뛰는 것도 마찬가지다. 걷거나 달리기 위해서는 반드시 먼저 넘어지는 과정이 있기 마련이다.

어린아이들은 그렇게 배운다. 그리고 그렇게 성장한다. 반복해서 넘어지면서 말이다.

어른들도 크게 다르지 않나 싶다. 차이가 있다면 넘어지는 것을 아이들보다 더 두려워하는 경향이 있다는 것이다.

하지만 우리도 결국엔 어린아이들처럼 넘어지는 만큼 성장하고 넘어지는 만큼 배우게 된다. 넘어지지 않고 저절로 성장하거나 성공하는 사람은 없다.

농구 황제 마이클 조든

자전거뿐만 아니라, 삶의 모든 영역에서 전문가는 하루아침에 만들어지지 않는다. 아무리 뛰어난 전문가라도 하루아침에 뚝딱 전문가가 되는 것이 아니라 수십 번 수백 번씩 실수도 하며 '넘어지면서' 연마하고 터득하면서 전문가가 되는 것이다.

심지어는 발명왕 에디슨도 마찬가지이고, 세계적으로 알려진 정상급 예술가들이나 연예인, 혹은 올림픽에 도전하는 선수들도 모두 마찬가지다. 저들의 공통점은 실수를 거듭하면서 다시 일어났다는 것이고, 실수를 밥 먹듯이 하면서 각자의 영역에서 챔피언이 되는 것이다.

농구의 황제 마이클 조든Michael Jordan도 마찬가지다. 그는 다음과 같이 말한다.

농구생활을 통틀어 나는 9,000개 이상의 슛을 실패했고, 거의 300게임에서 패배를 기록했습니다. 그 중 26번은 다 이긴 게임이었는데 나의 마지막 슛이 실패해서 졌습니다. 나는 살아오면서 수많은 실패를 경험했습니다. 그러나 이것이 바로 내가 성공할 수 있었던 이유입니다.

기다림의 법칙
줄기차게 기다린다

흔히들 말하길, 어른들이 어린아이들을 기다려준다고 말하지만, 때로는 아이들이 우리 어른들을 기다려주는 경우도 있다. 아니, 어쩌면 어른들보다 어린아이들이 더 잘 기다려주는지도 모르겠다.

어린아이들은 기다리지 못해 발버둥 치고 떼를 쓰는 순간들이 많다. 그런가 하면 어린아이들의 삶은 기다림의 연속이라고 할 수도 있다. 아이들은 나이가 어릴수록 자신이 어떤 일에 주체가 되어 진행할 수 없기에 항상 엄마나 아빠 혹은 그 외의 어른에게 전적으로 자신을 맡겨야 하기 때문이다.

엄마와 같이 가게를 가도 기다려야 되고, 대체적으로 모든 일이 어른들 중심으로 움직이는 문화다. 따지고 보면 아이들

김태영 1993년생 키다리바지

나를 기다려주는 사람이 있다는 것,
그것은 정말이지 가장 황홀한 사실이 아닐 수 없다

이 어른들을 기다려주는 시간이 제법 많다는 것을 알 수 있다. 그래도 아이들이 크게 불평하지 않고 기다려주는 것을 볼 때 대견스럽다 못해 심지어는 신기할 정도이다.

그러나 나이를 먹을수록 상대방을 기다려주는 것이 때때로 고통에 가깝다는 것을 느끼게 되는 것은 왜일까? 어린아이들과 달리 어른들 중심의 사회 속에서 일방적으로 어른들을 기다려줘야 하는 우리는 점점 더 독립심이 강해지면서 모든 것이 나 중심으로 돌아가길 희망하기 때문이 아닐까 싶다.

그만큼 남을 위해 기다리는 시간은 낭비처럼 느껴지고, 내가 뭔가 손해 본다는 생각마저 들게 되는 것이다.

기다리는 것, 혹은 인내patience라는 단어는 고통 받는 것을 의미하는 라틴어 동사 '파티오르patior'에서 왔다고 한다. 그만큼 기다린다는 것은 고통이자 아픔이다. 하지만 그 과정을 통해 우리는 성숙해진다. 이 세상에서 기다림의 순간들을 건너뛸 수 있는 사람은 결단코 없기 때문이다.

인생을 그렇게 기다림의 연속이라고 볼 때, 일찌감치 기다림과 친숙해지는 것도 괜찮지 않을까 싶다.

오래 전 이야기이지만 하루는 열심히 일하고 있는 아빠에게 둘째 아이가(그 당시 두 살) 느닷없이 전화를 해서 울먹이는 음성으로 말했다.

"아빠~ 빠~알리~ 와~."

어쩌면 오랜 연습 끝에 처음으로 끄집어낸 두 살짜리 아이의 문장이다. 그래서인지 그 음성은 아빠인 나에게 정겹게만 느껴졌다. 그전까지는 고작 한다는 말이 "아빠" "엄마" 혹은 "아야" "맘마" 정도 수준이었는데, 이제는 문장을 곧 잘 만드는 솜씨에 엄마나 아빠는 깜짝깜짝 놀라기도 한다.

어쨌거나 아빠가 보고 싶어 빨리 올 수 없느냐는 아이의 말을 듣자니 기특하기도 하고, 신기하기도 하고, 미안하기도 하고, 깜찍하기도 했던 묘한(?) 순간이었던 것으로 기억된다.

두 살짜리 아이가 처음 배운, 그리고 처음 시도해보는 말이긴 하지만, 아무것도 아닌 것 같은 그 짧은 말 한마디는 나에게 그토록 소중했고, 또 필요한 말이었는지도 모른다. 단순히 아이가 처음 만들어낸 문장이어서가 아닌 그 이상의 의미가 있었지 않았나 싶다.

그것은 누군가가 날 찾고 있고 기다려주고 있다는 것, 누군가가 나를 보고 싶어 한다는 것, 아니 그것도 눈물 날 정도로 보고 싶다는 것, 그리고 그 사실을 나에게 있는 그대로 표현해준다는 것은 그만큼 가치 있는 말이기 때문이다.

나를 기다려주는 사람이 있다는 것, 그것은 정말이지 가장 황홀한 사실이 아닐 수 없다.

세상은 기다리는 자의 것

우리 막내는 말을 배우기 시작할 때 엄마나 아빠에게 늘 반말만 했던 기억이 난다. "이리 줘." "내 거야." "저리 가." 처음엔 반말을 해도 기다려줘야 한다. 어린아이들은 반말과 존댓말의 차이를 잘 모르기 때문이다.

하루는 막내가 언니를 찾으면서 나한테 물어본다.

"언니 어디 있어?"

하지만 나는 다른 생각을 하다가 미처 아이의 질문에 대답을 못했던 것이다. 그러자 그 아이가 갑자기 더 큰 목소리로 다그치는 것 아닌가?

"야, 언니 어디 있냐고!"

그래도 우리는 별 도리가 없다. 그저 인내하면서 아이들을 기다려주는 방법밖에 없고, 옆에서 조금씩 도와주는 방법밖에 없는 것이다.

우리는 언제 기다리는가?

버스가 오기를 기다린다.

약속한 친구를 기다린다.

시험의 결과를 기다린다.

자녀의 졸업을 기다린다.

인터뷰 결과를 기다린다.

의사의 진단을 기다린다.

결혼의 대상을 기다린다.

아이의 탄생을 기다린다.

초등학교 체육대회에서의 학부형도 모두 마찬가지다. 빨리 달리지도 못하는 아이들을 위해 엄마 아빠는 아이들의 이름을 불러가며 열심히 응원한다. 반드시 1등을 하지 않아도 그저 경기에 참여하는 것 자체가 대견하기 때문이다. 지금은 빨리 달리지 못해도 언젠가 더 빨리 달리게 될 것을 기다리는 것이다.

인생은 기다림의 연속이기에 기다린다는 것은 살아 있다는 증거라고 할 수 있다. 본질적으로 기다림은 수동적인 것이 아니라 능동적인 것이다. 그만큼 기다린다는 것은 적극적인 것이다.

진정한 의미의 기다림이란 제 자리에 가만히 있는 것이 아니라 때로는 나를 움직이게 하는 원동력이기도 하다.

무한 도전의 법칙
틀에 박혀 있지 않다

우리는 나이가 들어갈수록 변화를 좋아하지 않는다. 익숙한 것이 편하기 때문에 변화는 반갑지 않은 손님이다.

변화는 오히려 우리를 귀찮게 한다. 때때로 낯설기도 하고 두렵고 번거로운 것이 변화이다. 하지만 우리의 삶 속에 끊임없는 변화가 없이는 그 어떤 성장도 발전도 없음을 우리는 잘 알고 있다.

흥미롭게도 어린아이들은 변화를 번거로운 손님처럼 귀찮거나 성가시게 여기지 않는다. 오히려 변화를 즐길 줄 아는 것이 아이들의 특징 중에 하나이기 때문이다.

아이들에게 변화는 새로움이요 신선함이다. 그렇기 때문에 어린아이들은 변화가 없을 때 쉽게 지루해진다. 변화 없는 세상은 그만큼 삭막한 것이다.

고정관념은 늘 우리로 하여금 제자리걸음만 걷게 할 뿐 진취적이거나 발전적인 생각을 방해하는 주요 요인이다. 고정관념은 우리로 하여금 도전하지 못하게 하고 결국 변화를 거부하게 만드는 대표적인 원인이다. 변화를 환영하는 어린아이의 마음을 가질 때 우리는 비로소 도전 정신을 회복할 수 있는 것이다.

햄버거 시장 랭킹 1위를 자랑하고 있는 맥도날드는 어린아이들의 생각을 환영하고 적극적으로 반영하는 회사 중에 하나로 널리 알려져 있다. 그들의 이론 중에 하나는 어린아이들이 좋아한다면 결국 엄마나 아빠도 자연히 자녀들의 요구를 따를 확률이 높다는 것이다. 그 결과로 맥도날드는 아이들이 즐겨 찾는 햄버거와 감자튀김은 물론 꼬마 손님들이 가장 좋아할 만한 장난감만 지속적으로 연구하고 개발하는 '햄버거 대학'을 일리노이 주 오크브룩에 두고 있다.

12초간 날았던 최초의 비행기

어느 기업의 CEO는 중요한 정책 회의가 있을 때 일부러 자신보다 10년 혹은 20년 젊은 직원을 배석시킨다고 한다. 그렇게 하는 이유는 자신의 틀에 박힌 생각에 균형을 심어줄 수 있기 때문이라고 믿기 때문이다. 결국 그 자리에서 결정되는 회사의 중요한 정책이나 사업 계획서에 있어서 고위직을 맡고 있는 직원들의 의견만을 반영하기에 앞서, 보다 열려 있는 토론의 장을 적극 환영하는 모습을 보여준다. 그 기업의 CEO는 변화를 두려워하지 않는 마음, 어린아이 같은 마음의 소유자이기 때문이다.

비행기가 처음 공중을 날 때 12초 밖에 떠 있지 못했다고 한다. 그 것을 옆에서 지켜보고 있던 사람들은 모두 라이트[Wright] 형제를 비웃으면서 "하늘은 새들만 날아갈 수 있도록 되어 있는데 바보처럼 시간 낭비를 하고 있다"고 멸시하고 비꼬았다고 한다. 그럼에도 불구하고 라이트 형제는 죽음을 무릅쓰기까지 반복되는 비행 연습과 실험을 포기하지 않았다고 한다.

시작은 늘 어렵기 마련이지만, 어린아이 같은 마음은 우리로 하여금 넘어져도 다시 일어서게 하는 힘을 실어주는 것이다.

사진작가로 오늘날 널리 알려진 브래들리 트레버 그리브[Bradley]

Trevor Greive는 스물아홉 살이 되기까지 8년 동안 무려 90번의 거절을 당한 끝에 2000년에 드디어 《더 블루 데이 북》을 출간하면서 그해 최고의 베스트셀러가 되었다고 한다. 결국, 그 후 계속된 후속작을 출간하면서 그의 책은 전 세계적으로 1,000만 부 이상 팔려나갔고, 《더 블루 데이 북》은 일본에서 영어교재로 채택되기도 했다.

　90번의 거절에도 불구하고 그리브는 위기의식이나 굴욕을 느끼기보다는 일어설 수 있는 기회로 자신이 직면한 문제와 상황을 승화시킨 것이 아니었나 싶다. 나는 이와 같은 열정과 집념이야말로 우리가 살아가는 세상을 조금이나마 변화시킬 수 있는 도전 정신이 아닐까.

적응력의 법칙
적응력이 강하다

아이들은 대부분의 경우에 새로운 환경에 비교적 잘 적응하는 편이라고 할 수 있다. 그래서 어릴수록 언어도 빠르고 쉽게 터득하고 타 문화권에 적응하는 속도도 상대적으로 빠르다. 반대로 어른들이 새로운 것에 적응하는 것은 마치 힘겨운 과제처럼 느껴지는 경우도 많다.

삼성의 이건희 회장은 직원들에게 시대의 흐름과 변화에 따른 적응력이 필요하다는 것을 늘 강조한다고 한다. 심지어는 아내와 자식만 빼고 나머지는 전부 다 바꾸라는 말까지 했다. 그만큼 적응이 빨라야만 되고, 끊임없이 변화를 창출해낼 때 경쟁에서 밀리지 않을 수 있기 때문이다. 그가 꿈꾸는 기업은 일류 기업도 아닌 초일류 기업, 아니 세계 초일류 기업이라는 것을 알 수 있다.

물론 적응은 쉽지 않다. 적응은 그동안 익숙했던 것을 내려놓는 과정이자 새로운 것을 끌어안는 과정이기 때문이다.

그렇다. 적응은 한순간에 이루어지는 것이 아니라, 점진적인 과정이라고 보아야만 한다. 적응은 우리를 불편하게 만들고 나의 안전지대comfort zone에서 나오도록 지속적으로 요구한다. 만일 그 기간만 통과할 수 있다면 새로운 세계와 새로운 경험이 우리를 기다리고 있는 것이다.

하지만 누구나 적응하면서 살기 마련이다. 그것은 새로운 것이 아니며, 인류는 역사가 시작되는 순간부터 지금까지 적응해온 것이다. 태어나는 순간부터 새로운 세계, 새로운 환경, 새로운 관계에 적응하면서 죽는 순간까지 그렇게 사는 것이 우리의 운명이라 할 수 있다.

그만큼 인간은 적응력이 뛰어나다. 그렇기 때문에 새로운 문화에, 새로운 언어에, 새로운 도전에 적응하며 살 수 있는 것이다.

우리 부모님의 경우만 해도 국제결혼을 하셨기 때문에 서로 다른 문화와 언어, 생각과 습관에 서서히 보폭을 맞추어가며 적응할 수밖에 없으셨다.

이병찬 1994년생 8시 뉴스

적응을 하기 위해서는 누구나 시간이 필요하며
멀리 보는 통찰력과 기다림이 필요하다

물론 적응을 하기 위해서는 누구나 시간이 필요하며 멀리 보는 통찰력과 기다림이 필요하다.

매일 지구가 한 바퀴 돌 때마다 24시간 + 1분 가까이 되는 시간이 소요된다고 한다. 계산해보면 1년이 지날 때마다 지구는 다섯 시간 48분 46초가량 '느린' 셈이다.

하지만 그렇다고 해서 불평을 하거나 항의를 하는 사람은 없다. 지구가 좀 더 빨리 돌아가도록 연구하지도 않는다. 나는 회전속도가 느리다고 지구를 떠나겠다고 말하는 사람을 아직 만나본 적이 없다. 다만 4년 동안 지구가 늦은 시간을 합산하면 거의 정확하게 하루가 나오기 때문에 우리는 그저 4년마다 한 번씩 2월이 되면 달력에 하루를 더할 뿐이다. 달리 말하면 지구는 그만큼 적응력이 강하다는 의미이다. 스스로 느리다고 더 빨리 돌아가기 위해 애를 쓰지 않는다. 지구는 그만큼 여유롭게 움직이기 때문에 시간이나 분이나 초 따위에 구애를 받지 않는 것을 알 수 있다.

영어로 '적응하다'라는 단어는 accommodate라고 하는데, 이 단어의 본래 의미는 매우 흥미롭다. '자리가 있다', '자리를 만들다', 혹은 '수용할 자리를 만들다'라는 뜻을 지니고 있다.

'적응하다'라는 말의 어원을 통해서 우리는 '적응'에는 나 스스로를 움직이는 수고가 반드시 전제되어야 한다는 것을 알 수 있다.

스스로 불편해지고자 하는 의지가 있을 때 우리는 비로소 새로운 환경이나 상황에 제대로 적응을 할 수 있는 것이다.

테레사 수녀의 세 가지 질문

테레사 수녀는 수녀원에 들어와서 봉사하길 희망하는 사람들에게 공통적으로 묻는 세 가지 질문들이 있었다고 한다.

첫째, 잘 웃을 수 있는가?
둘째, 잘 먹을 수 있는가?
셋째, 잘 잘 수 있는가?

첫 번째 질문이 중요한 이유는 매일 고통당하는 사람들을 돌보면서도 늘 웃음을 잃지 않아야 하기 때문이라는 것이다.

두 번째 질문이 중요한 이유는 열악한 환경 속에서도 식사를 잘할 수 있어야 빈민촌의 어려운 이웃들을 제대로 돌볼 수 있을 수 있다는 것이다.

세 번째 질문이 중요한 이유는 잠자리가 조금 불편해도 숙면을 취할 수 있어야만 다음 날 어려운 사람들을 효과적으로 도울 수 있기 때문이다.

용기의 법칙
두려움을 모른다

　용기는 지금까지 경험해보지 못한 어떤 것에 대한 도전이다. 전혀 경험해보지 못한 나라를 찾아가거나, 전혀 경험해보지 못한 문화를 체험하거나, 전혀 경험해보지 못한 언어를 배우거나, 전혀 경험해보지 못한 사람을 만나는 것이다.

　하지만 그 용기는 결국 우리 안에 있는 두려움을 조금씩 극복하면서 발견할 수 있는 것이 아닐까 싶다. 그런 의미에서 내가 극복해야 할 두려움은 혹시 없는지 한번쯤 살펴보는 기회를 갖는 것이야말로 유익한 경험이 될 것이라고 생각한다.

　여행을 자주 하는 사람일지라도 비행기를 타는 일은 두려울 수 있다. 특히나 고소 공포증이 있다면 더 말할 나위 없다.

　하지만 비행기를 타는 것을 두려워하는 어린아이를 찾는다는 것은 쉬운 일이 아니다. 아이들은 비행기를 한번 타면 대부분의 경우 더 타고 싶다고 난리다. 그만큼 재미있어한다.

우리 아이는 비행기를 처음 탔을 때 비상시에만 사용하는 노란색 고무 미끄럼틀 그림이 나오는 책자를 비행기 앞 좌석에서 보더니 비행기에 미끄럼틀이 있는데, 왜 그 미끄럼틀을 안 태워주느냐고 한참을 보챈 적이 있다. 그 미끄럼틀은 안 타는 게 좋다고 아무리 설득을 해도 계속해서 불평하고 재촉을 한다. 그 당시엔 뭐라고 딱히 해명조차 할 수 없었던 것이, 분명히 그림 속에서 노란 미끄럼틀이 비행기에 있고, 사람들이 쭈~욱 미끄러지면서 타고 내려오는 것을 봤다는 것이다. 그런데 왜 아빠는 자꾸만 그 미끄럼틀이 없다고, 타면 안 된다고 우기냐는 얘기이다.

'무식하면 용감하다'는 표현이 이런 때에 적용되는 내용인지 모르겠다. 하지만 때때로 어린아이들은 어른들 못지않게 용감하고 용맹스럽다는 것을 느낄 수 있다. 어쩌면 두려움을 모르기 때문일까? 하지만 어린아이들은 두려움을 극복하면서 성장을 하게 되는 것이다.

반대로 두려움에 사로잡히면 사람은 무력해질 수밖에 없다. 두려움은 궁극적으로 우리로 하여금 앞을 못 보게 하고 모험을 할 수 없도록 우리의 몸과 마음을 마비시키기 때문이다. 이것이 바로 두려움의 감옥이다.

우리가 평소에 두려워하는 것은 과연 어떤 것인가? 때때로 우리는 비판을 두려워하거나, 남의 말을 두려워하는 경우도 있다. 하지만 남의 시선을 지나치게 의식할 때 우리는 아무것도 시도하지 않게 된다. 결국 거기엔 발전이 없는 것이다.

하지만 어린아이들은 어떠한가? 웬만해선 남을 의식하지 않는다. 그래서 도전하고 또 도전한다. 남의 시선을 지나치게 의식하지 않기 때문에 발전이 가능하다.

발전은 도전하는 자의 몫이다.

야생초 편지

《야생초 편지》의 저자는 억울한 옥살이를 무려 13년간이나 했다고
한다. 그런데 만약 그냥 그렇게 13년을 보냈다면 오래 전에 폐인이 되
었을 가능성이 더 크다. 그러나 그는 감옥에서 돌 틈에 난 작은 풀들
을 보기 시작했다고 한다. 결국 그 풀 한 포기는 희망이 멀어진 그에
게 생명력으로 다가왔고, 《야생초편지》는 그렇게 탄생했다.

우리가 두려움을 만나고 자포자기하려는 위기를 만나게 되는 것은
당연한 일이다. 사람에게 있어 지극히 정상적인 일이라고 할 수 있다.
하지만 우리는 바라볼 것이 있을 때 쓰러지지 않는다고 한다.

두려움은 존재하지만, 중요한 것은 무엇을 바라보느냐에 달려 있
다. 우리의 시선을 어디에 고정시키고, 어디에 머물게 하느냐가 중요
한 이유다.

사랑은
보고, 느끼고, 실천하는 것이다

4

아이들처럼

사랑하라

가벼움의 법칙

주머니를 비운다

어린아이들과 여행을 하면 짐이 많지 않아 편하다. '가자!'라는 한마디만 던지면 그냥 따라가는 편이다(사춘기가 되기 전까진). 아주 어릴 때는 엄마나 아빠가 밖에 나가는 폼만 잡아도 어느새 현관 문 앞에 나와 신발도 안 신고 따라 나설 때도 있다. 멀리 여행을 가도 짐을 꾸리거나 옷을 챙기지도 않고, 아예 칫솔 치약도 챙기지 않는다. 물론 그 행복은 잠깐일 뿐. 머리가 서서히 커지기 시작하면서 "어디를 가는지", "왜 가야만 되는지", "자기는 안 가면 안 되는지" 등등을 따진다.

그만큼 아이들의 여행 보따리는 가볍다. 우리가 소중하게 여기는 것들이 아이들에겐 덜 소중한 것이 아닐까? 아이들에게도 어떤 애착이 있는 것은 사실이지만 거기에 목숨을 걸지는 않는다. 그래서인지 옷가지이든 장난감이든 마음만 먹으면 자기 것을 비교적 서슴없이 나누는 모습을 쉽게 발견하게 된다. 아무리 좋고 귀한 물건이 있어도 상대방이 자기의 맘에 든다면 망설이지 않고 나눌 때도 많다. 때론 자기가 갖고 있는 물건의 가치를 잘 모르기 때문에 그럴 수도 있지만, 크게 고민하지 않고 자기의 것을 기꺼이 나누는 모습이 어른들의 모습과는 대조적이다.

그래서 성경에서는 어린아이처럼 자기 것을 나눌 때 하늘이 기뻐하고, 우리의 상상을 초월하는 기적이 일어나게 된다고 이야기하고 있다. 성경에는 어린아이 하나가 자기 소유의 전부인 보리떡 다섯 개와 물고기 두 마리를 나누었을 때 5,000명이나 되는 무리를 먹이고도 남는 사건이 기록되어 있다.

우리들도 어린아이들에게 배울 수만 있다면, 날마다 목격할 수 있는 크고 작은 기적들이 얼마나 많이 있을까?

나는 교회의 목사로서 늘 설교에 대한 부담이 있다. 한번은 아이디어가 궁핍해 그냥 농담 반 진담 반으로 우리 막내에게 물어보았다. 참고로 막내의 나이는 만 네 살이었다.

"예진아, 아빠가 설교해야 되는데, 어떤 내용을 할까?"

계인호 1993년생 친구들

우리들도 어린아이들에게 배울 수만 있다면,
날마다 목격할 수 있는 크고 작은 기적들이
얼마나 많이 있을까?

그런데, 뜻밖에도 딸 예진이의 반응은 즉각적이었고 구체적이었다. 물론, 처음 해준 말은 내가 찾는 대답과는 거리가 좀 있었다.

"서로 인형을 만들어주라고 해."

그래서 나는 질문을 약간 바꾸기로 했다.

"그거 참 괜찮은 아이디어다. 그런데 있잖아, 아빠는 설교를 아이들이 아니라 어른들한테 해야 되거든. 그것 말고, 또 어떤 말을 해줄 수 있을까?"

그러자 이 아이가 연달아 말해준 내용이 그럴듯해서 재빨리 공책에 하나씩 받아적었다. "서로 사랑하라고 해.""서로 책을 읽어주라고 해.""서로 가진 것을 나누라고 해.""서로 선물을 주라고 해."

결국 나는 막내의 도움으로 한 편의 설교를 완성할 수 있게 되었다.

어린아이와의 그 짧은 대화가 한 편의 설교를 낳게 되리라곤 상상을 못 했었지만, 생각하면 할수록 너무나 훌륭한 내용이라고 나는 자신했다.

특히 그 대화 속에서 '서로'라는 표현이 반복되는 것을 관찰하면서 깨닫게 된 것이 있었다. 어린아이들에게는 '서로'

에 대한 의식이 의외로 뚜렷하고 서로에 대한 의식은 결국 서로에 대한 상호 책임으로 이어지는 것까지 발견할 수 있었다. 그렇기 때문에 서로를 사랑하거나, 서로 책을 읽어주거나, 가진 것을 나누는 것은 지극히 자연스러운 것이었다.

문제는 아이들의 머리가 커지면서 세상에서 자신의 위치나 자리를 확보하느라 그렇게 훌륭한 생각들이 안타까울 만큼 오염되기 시작하고 결국엔 '내 것'을 주장하고 요구하게 되는 것 같다.

인디아 남부에서는 원숭이들이 너무 설쳐서 골치를 앓는 경우가 많다고 한다. 결국 주민들은 '남 인디아 원숭이 덫'이라는 장치를 고안해냈다. 그 장치란 코코넛에 구멍을 뚫고 속을 파낸 후 찹쌀을 한줌 넣고 말뚝에 매어두면 되는 것이다. 원숭이들이 구멍을 통해 찹쌀을 보고 손을 집어넣으면 걸려드는 장치다.

덫의 핵심은 구멍의 크기인데 원숭이의 맨손은 쉽게 들어가지만 찹쌀을 한 줌 움켜쥔 주먹은 좀처럼 빠져나가지 못하게 하는 것이다. 원숭이가 코코넛 속에 걸린 주먹을 빼내려 애를 쓰는 동안 주민들이 와서 사로잡는다. 도망을 가기 위해서는 손으로 움켜쥔 것을 놓아야 하지만 찹쌀이 좋아서 그것을 마냥 손으로 움켜쥐고 도망을 가려고 하니 도망갈 수가 없다고 한다.

작은 것에 대한 욕심으로 더 중요한 것을 잃게 되는 어리석음, 어떤 가치에 지나치게 매이다 보면 자유를 잃는다는 사실을 말할 때 심리학자들이 자주 인용하는 이야기 중에 하나이기도 하다.

우리가 움켜쥐는 것이 많으면 많을수록 우리의 마음은 한없이 작아지기 마련이다. 그와 반면에 내 손에 있는 것을 내려놓을 때 우리의 마음은 더욱 살찌게 되고 풍요로워지기 마련이다. 작은 것을 움켜쥐는 욕심을 조금씩 버리고, 우리의 주머니를 조금씩 비우며 나눌 때 삶은 더 풍성해질 수 있는 것이다.

나눔은 반복할 때 쉬워진다. 어떤 일이든 연습이나 훈련 없이 쉽게 이루어지는 경우는 없기 마련이다. 우리가 가진 소유나 물질을 나누는 것도 마찬가지이다. 작은 나눔부터 실천하게 될 때, 그리고 그것을 반복할 때, 그것은 생활화되기 시작하면서 우리 삶의 일부가 된다. 어떤 일이든 21일 동안 반복을 하면 습관이 된다는 것처럼, 우리의 소유나 물질을 나누는 것도 결국 반복을 통해 쉬워진다.

나눔은 도전받을 때 지속된다. 우리 주위에 자신의 소유나 물질을 기꺼이 나누는 사람들이 많으면 많을수록, 그리고 그들과 접촉을 하면 할수록 우리는 영향을 받기 마련이다.

우리 형 가족은 최근에 입양에 대해 더 관심을 갖게 되었는데, 적극적으로 그것을 고려하기 시작한 시기적 배경이나 동기는 형과 형수님 주변에 있는 사람들 중에서도 입양한 가족들을 여러 번 만나기 시작하면서부터이다.

나눔은 모델링으로 전염된다. 아침마다 커피를 마셔야만 잠에서 깨는 사람들이 있는 것처럼, 우리의 마음도 감동을 받을 때 움직이게 되는 경우가 많다. 특별히 나눔에 적극적이며 경험이 있는 사람들을 가까이 하면서 저들의 삶을 통해 배울 때 우리는 좀 더 구체적으로 나눔에 참여할 수 있게 된다.

물론 어린아이들이라고 해서 항상 자기 것을 나누는 것은 아니다. 철저하게 이기적일 때도 적지 않기 때문이다.

한번은 어느 아이의 엄마가 동전 두 닢을 주면서 교회에 나서는 아이에게 말했다. 하나는 교회에 가서 헌금을 하고, 다른 하나는 주일 학교를 마치고 오는 길에 간식을 사 먹으라는 것이었다. 그런데 교회에 가는 길에 동전 한 닢을 떨어뜨린 것이 굴러서 하수구로 빠지자 그 아이가 하는 말.

"하나님 돈은 날아갔네."

잃어버린 돈은 하나님 돈, 남은 것은 자기 돈이라는 것이다.

어쩌면 이러한 모습이 자연스러운 어린아이들의 모습이겠지만 자기 것을 나눌 때는 확실하게 나누는 모습도 볼 수 있다.

인디아 캘커타 지역에 있는 '사랑의 고아원'에 설탕이 떨어졌다는 소식이 언젠가 들려왔다고 한다. 그 소식을 듣고 한 아이가 자기 엄마에게 말했다.

"엄마, 제가 앞으로 3일 동안 설탕을 먹지 않을 테니 저에게 3일 분의 설탕을 주세요."

그리고 그 아이는 3일분의 설탕을 들고 '사랑의 고아원'을 찾아갔다. '사랑의 고아원'을 세운 테레사 수녀는 그 아이의 모습에 감탄한 나머지 사랑의 정의를 이렇게 내렸다고 한다.

사랑은 보고, 느끼고, 실천하는 것이다.

이처럼 우리가 어린아이들에게 배울 수 있는 교훈 중에 하나는 우리가 있는 삶의 자리에서 보고 느끼고 실천하는 사랑이 아닐까 싶다.

비울수록 넉넉해지는 신비

　세계 여행을 하는 것으로 알려진 작가 한비야 씨의 글 속에서 우리는 나눔의 삶을 어렴풋이나마 살펴볼 수 있다.

나는 배낭을 가볍게 싸기로 유명하다.

배낭을 쌀 때의 원칙은 이렇다.

먼저 넣을까 말까 망설이는 물건은 다 빼 놓는다.

꼭 필요한 것 중에서도 여러 용도로 쓸 수 있는 물건에

우선권을 둔다.

이미 넣은 물건은 되도록 무게를 줄인다.

이렇게 뭐든지 최소의 최소를 추려서 다니니 뭐든지 하나씩이고

그 하나가 얼마나 소중하게 느껴지는지 모른다.

오늘 너무 무거운 하루는 아니던가요?

그래서 어깨가 처지고

그래서 발걸음이 납덩이 같고

너무 움켜쥐고 있어서

버릴 것을 버리지 못해서

인생을 괜히 무겁게 만든 건 아닐까요?

그렇다. 오늘 우리의 주머니와 마음을 무겁게 하는 것은 어떤 것일까? 내가 덜어놓을 수 있는 것은 무엇이 있을까?

어린아이들에게 배우자. 우리의 주머니를 비우는 법, 좀 더 가볍게 사는 법을 말이다.

공동체의 법칙
우정은 생명이다

　미국 존스홉킨스Johns Hopkins 대학의 연구 결과 중에 '암과 정신 질환 및 자살의 가장 강력한 예측 요인은 친밀한 가족 관계의 결핍의 영향'이라는 발표가 있다. 또 다른 연구에서는 '사람과의 교류가 많지 않은 사람들은 친구들을 지속적으로 만난 사람들에 비해 상대적으로 두세 배 일찍 죽는 경향을 보였다'는 연구 결과도 있다. 따라서 사람들과의 관계를 소홀히 하는 것은 그만큼 후회할 일이다.

　우리 막내 아이의 가장 친한 친구 중엔 소이라는 아이가 있다. 그런데, 어느 날 나는 딸 아이 방에서 마구 구겨져서 버려진 노란색 쪽지 하나를 발견한다. 알고 보니 예진이의 단짝 친구 소이로부터 받은 쪽지였다. 편지의 내용은 이랬다.

"예진아, 사랑해. 너 이제 나랑 같이 놀자. 너 나랑 같이 안 놀면 죽을 줄 알아! 소이가."

나는 그 쪽지를 읽는 순간 웃어야 될지 울어야 될지 몰랐다. 예진이의 친구 소이는 한 편지에서 사랑을 말하고 있으면서도 동시에 죽음을 말하고 있다. 그것도 그 어린 나이에 말이다. 아니 어쩌면, 그 나이이니까 가능한 일인 것 같다. 물론 장난기 많고 질투심 많은 네 살짜리 아이들 사이에 언제나 있을 수 있는 지극히 정상적인 표현이라 생각한다.

여기서 강조하려는 것은 친구에 대한 아이들의 관심이다. 아이들의 가슴속엔 자연적으로 친구에 대한 어떤 열망이랄까, 또는 일종의 갈증이 존재하는 것을 우리는 알 수 있다. 마치 친구 없이는 삶이 너무나 허무해서 더 이상 살고 싶지 않고, 차라리 '너 죽고 나 죽자' 하는 어린 소이의 편지글에서 찾아볼 수 있듯이 친구 관계에 몰입하는 것 같다.

그런데 서서히 어른이 되어가면서 우리는 독립심이 강해지기 시작하고 독립심을 곧 성숙함과 동일하게 여기게 된다. 독립심을 배워야 된다는 시대의 요구나 문화적 코드에 차츰 익숙해지면서 우리는 피상적인 관계를 형성하기 쉽다. 서로 부담을 주는 관계나 상호 의존적인 관계는 어딘가 모르게 내가 모자라고 연약하기 때문이란 인상을 받는다.

하지만 그와 같은 결론에 도달하게 된다면 결국엔 깊이 있고 책임 있는 관계보다는 표면적으로만 친밀해 보이는 관계들을 꾸려나가게 되는 가능성이 그만큼 높아진다는 이야기다. 결과적으로 서로의 배경이나 사회적 위치 등에 따라 나에게 이익이 될 만한 사람들을 가까이 하려는 경향도 쉽게 찾아볼 수 있게 된다.

반대로 우리가 아이들에게 배울 수 있는 교훈 중 하나는 자기 친구들을 향한 순수한 열정과 헌신이다.

인간은 관계의 집합이라고 한다. 그래서 어린아이들은 친구 없이 못 사는 것 같다. 우정은 곧 생명이기 때문이다.

어깨동무의 말뜻을 살펴보면 '어깨를 나란히 하는 사이'를 의미한다. 그만큼 절친한 사이라는 뜻으로서, 바로 옆에 서서 같은 방향으로 향하고 있는 친밀한 관계를 의미한다.

한번은 우리 큰아이에게 물었다.

"혜진아, 이번 크리스마스 때 산타 할아버지한테서 제일로 받고 싶은 선물은 뭐야?"

나는 인형이나 액세서리, 아니면 그 또래 여자아이들이 좋아할 만한 대답을 듣게 될 줄만 알았다. 사실은 선물에 대한 아이디어가 궁굼해서 던져본 질문이었는데, 그때 내가 들은 대답은 의외였다.

"산타 할아버지를 꼬~옥 안아주고 싶어. 나는 산타 할아버지를 안아주는 게 소원이야."

산타 할아버지를 안아주는 것이 소원이란 말은 생각해볼 만한 말이다. 우리가 평소에 산타 할아버지에게 기대하고 요구하는 것은 무궁무진하다. 하지만 놀랍게도 혜진이는 선물 대신 산타 할아버지를 원하고 있었다. 여기저기 바쁘게 선물을 나눠주는 산타를 안아드리고 싶은 마음이 전부였다.

크리스마스 선물로 가장 갖고 싶은 것이 산타 할아버지를 안아주는 것이라는 말은 여전히 나를 부끄럽게 한다.

어쩌면 아이들은 관계의 소중함을 우리들에게 가르쳐주는 스승이 아닐까 싶다. 한 사람을 만나도 어린아이들처럼 동기가 순수하다면 얼마나 좋을까? 상대방에게 어떤 숨은 의도가 있지 않을까 초조해하거나, 거꾸로 상대방으로부터 얻어낼 만한 것이 무엇이 없을까를 계산하지 않는, 어린아이 같은 마음 말이다.

다행스럽게도 어린아이들은 다르다. 상대방의 외모가 중요하지 않고, 학력이나 학벌, 나이나 성별, 혹은 사회적 위치가 중요하지 않다. 아이들에게 가장 중요한 것은 매우 단순하다. 저들이 원하는 것은 그 어떤 것보다도 누군가를 간절히 사랑하는 마음이자 간절히 사랑받길 원하는 마음뿐이다.

어른들은 목표 의식이 뚜렷하다 보니 관계 자체보다, 관계 속에 어떤 목적을 두는 경우가 많이 있다. 때로는 관계의 초점을 잃게 되어 깊이 있는 관계보단 피상적인 관계에 머물게 될 때도 많다.

하루는 아침 운동을 하려고 폼을 잡고 있는데 아들 녀석이 같이 가겠다고 보챈다. 같이 가는 것까진 좋은데, 일곱 살짜리 아들 녀석과 걸으면 운동한 것 같지도 않아 잠시 망설였다가 "그래, 가자!"고 대답했다.

아이와 같이 걷게 되면 보폭의 차이로 인해 걸음걸이에서 속도 차가 많이 난다. 때로는 천~천~히 걸어야만 되고, 불편하기도 하고, 짜증나는 경우도 있다. 아이의 속도를 맞추기 위해 신경을 쓰거나 거의 땀도 안 나는 경우가 더 많아 아예 운동한 것 같지도 않을 때가 많다. 혼자 걷는 것보다 시간도 더 오래 걸리고, 혹시라도 아이가 넘어질까 불안하기도 하다. 그리고 필요하면 중간에 한두 번 쉬어주기도 해야 된다. 옆에 서 말을 시키기 때문에 보통 때처럼 사색하며 걷는 것도 힘들어 따지고 보면 불편한 것이 한두 가지가 아니다.

그럼에도 불구하고 각종 불편함을 감수하면서까지 좋은 아빠의 역할을 하느라 잘 선택한 일이라고 은근히 나 자신을 칭찬해주었다. 그렇게 막중한 임무를 성공적으로 마치고 집에 돌아오는 길에 그 아이가 건넨 말에 나는 그만 까무러치는 줄 알았다.

"아빠, 우리 내일 또 가자!"

처음 그 말을 들었을 때는 속으로 '큰일 났다' 는 생각까지 들었다. 하지만 곧 생각을 바꾸었다. 생각해보니 나는 운동에만 집착했지 아들과 함께 있는 것에 비중을 두지 않았던 반면 아들은 아빠랑 있는 것 자체가 즐거웠던 것이다.

아들에게 소중한 것은 아빠와 함께한다는 것, 그리고 자신과 함께하는 아빠 자신이었던 것이다.

3일짜리 사랑

어느 중년의 어머니와 함께 자녀들 이야기를 나눈 적이 있다. 얼마 전 추석 명절 기간 동안에 다 큰 자녀들이 모처럼 집에 왔다고 한다. 그렇게 오랜만에 만나게 되어 너무나 반가웠고 한없이 기뻤지만 그 기쁨은 결국 그리 오래가지 않았다고 했다.

이유인즉, 3일이 지나도록 계속 퍼지게 잠만 자는 아이들이 어느 순간부터 미워지기 시작했다는 것이다. 명절 기간은 닷새 정도인데 엄마의 수고에는 아랑곳하지 않는 자녀들이 미워지기 시작했고 엄마는 끊임없이 밥하고 치우고 빨래하고, 또 밥하고 치우고 빨래하는데 자신을 도와주려고 하는 기미가 전혀 보이지 않았다. 그래서 결국 마음이 답답하고 힘들어 도저히 견디다 못해 아이들에게 "이젠 가라"고 말했다는 것이다.

하지만 아주머니와의 대화 중에 가장 인상적이었던 대목은 그분이 그 경험을 통해 깨닫게 된 한 가지다. 그것은 "나는 3일밖에 사랑하지 못했다"라는 고백이었다. 그리고 그 말을 마치기 무섭게, 그 말조차 바꾸시는 것 아닌가? "아니, 사랑도 아니고 나는 3일밖에 참지 못했다"는 말과 함께, "나는 아직도 사랑이 뭔지 모른다. 아직도 멀었다"라며 솔직하게 자신의 이야기를 들려주셨다.

그렇다. 인간은 관계의 존재이며 삶은 관계의 집합이라지만, 그 속에 부딪힘이 없는 것은 결코 아니다. 때로는 충돌할 수밖에 없지만 우리는 여전히 관계를 먹고 사는 연약한 존재임을 겸손히 인정하자. 관계를 통해 찾아오는 절망과 죄책감, 분노와 원망도 있기 마련이지만 그것이 사람 사는 세상임을 어찌하랴. 그만큼 각자의 부족함을 털어내고 서로를 의지할 때 우리는 가장 큰 만족감을 발견한다.

전우익 선생님은 《혼자만 잘 살믄 무슨 재민겨》에서 다음과 같이 이야기한다.

혼자만 잘 살믄 별 재미 없니더. 뭐든 여럿이 노나 갖고, 모자란 곳을 두로 살피면서 채워 주는 것, 그게 재미난 삶 아니껴.

이와 같은 마음이 결국 우리 모두가 바라는 어린아이와 같은 마음이 아닐까 오늘도 생각해본다.

미련함의 법칙
쉽게 잊어버린다

아이들이 쉽게 상처를 받거나 쉽게 삐지는 것은 사실이다. 그런가 하면 쉽게 잊어버리는 특징도 있다. 때로는 미련할 정도로 쉽게 잊어버리는 것이 어린아이들의 모습이라고 할 수 있다.

반대로 어른들은 상처받은 경험을 두고두고 간직한다. 때로는 보복할 기회를 노리기도 하며, 죽을 때까지 내가 받은 상처를 잊지 않고 기억하는 경우도 적지 않다.

남의 과실이나 잘못을 용서하는 것은 미련하고 비합리적이라고 생각하지만, 사실은 두고두고 기억하는 쪽이 더 미련한 일이다.

얼마 전에 아들 녀석을 야단칠 일이 있었다. 동생을 때렸

김태영 1993년생 그림을 그리자

넘어지면 곧바로 다시 일어선다
그리고 다시 시작한다
어린아이들은 그렇게 걷기를 배우기 때문이다

기에, 남에게 손을 대면 아빠도 손을 대겠다면서 매를 들었다. 다시는 동생에게 손을 대지 않겠다는 다짐을 받아내면서 매를 들었건만, 그 즉시 돌아서서 돌아서자마자 불쾌한 눈빛과 울먹이는 음성으로 나에게 소리친다. "아빠 미워!" 물론 아이들이 삐질 때마다 습관처럼 내 뱉는 말 중에 하나였기 때문에 그 말에 제법 익숙해진 편이었다.

그런데 그렇게 진지하게 아빠가 밉다고 외친 아이가 불과 한 시간도 채 안 되었을 무렵에 초콜릿을 하나 건네주니까 "아빠가 제일 좋아!"라고 말하는 것 아닌가?

이것이 바로 어린아이들의 모습이라고 할 수 있다. 그래서 어른들과 다르다고 할까?

어린아이들이 우리에게 주는 선물이 바로 그런 것이다. 이제 막 걸음을 배우는 꼬맹이들도 마찬가지다. 넘어지면 툭툭 털고 일어난다. 걷다가 넘어진들, "이젠 죽어도 다시는 안 걸어!" 하면서 포기하는 아이들은 없을 것이다. 오히려 넘어지면 곧바로 다시 일어선다. 그리고 다시 시작한다. 어린아이들은 그렇게 걷기를 배우기 때문이다.

반면에 어른들은 지극히 작은 문제나 상처 하나로 질질 물고 늘어지는 경우가 어디 한두 번인가. 결국엔 두고두고 나

뻔 감정을 품게 되면서 결국엔 우리의 몸과 마음을 병들게 만들기도 한다. 그만큼 우리는 쉽게 용서하지 못하고 잊어버리지 못한다. 잊어버려야 할 것을 너무 오래 간직한 채로 살아간다.

잊어버리지 못하고 용서하지 못하고 위로하지 못해서 깨지고 마는 가정이 오늘날 얼마나 많은가. 물론 이웃의 사정을 우리는 다 알지 못한다. 어쩌면 알고 싶어 하지도 않다. 그러나 분명한 것은, 모든 정답을 갖고 있는 사람은 많지 않고 문제없는 가정도 거의 없다는 것이다. 그러니 잊어버리자.

오늘은 잊어버리기로 선택하자. 그리고 꼬마 선생님들에게 배우기로 마음을 먹자. 잊어버려서 손해볼 것이 무엇이 있겠는가 말이다. 그래야 우리는 살게 된다. 그래야만 자유를 얻게 된다.

용서와 관련해 우리에게 익숙한 수많은 명언들이 있겠지만, 다음은 내가 좋아하는 몇 가지 내용들이다.

용서를 통해 처음으로 혜택을 입는 사람은 용서하는 사람 자신이다.
　　　　　　　　　　　　　　　　　　　루이스 스미드Lewis Smede

용서란 인간적인 공평함을 넘어서서, 절대로 그냥 봐줄 수 없는 문제들을 너그럽게 용납하는 것이다. 　　　　루이스 스미드

우리가 용서할 때, 우리는 포로를 자유롭게 풀어주는 것이고, 그 자유롭게 풀려난 포로가 나 자신이라는 것을 깨닫게 된다.

　　　　　　　　　　　　　　　　　　　　　　루이스 스미드

용서는 우리로 하여금 머물러 있게 하지 않고 앞으로 나아가게 한다.

　　　　요한 크리스토프 아놀드Johan Cristoph Arnold의 《용서》 중에서

용서하는 능력이 결여된 사람은 사랑할 능력도 없는 사람이다.

　　　　마틴 루서 킹Martin Lucher King Jr.의 《사랑하는 힘》 중에서

만일 네 형제가 죄를 짓거든 책망하여라. 그러나 회개하거든 용서하여라. 만일 네 형제가 하루에 일곱 번이라도 네게 죄를 짓고, 그때마다 돌아와서 잘못했다고 빌면 용서해주어라.

　　　　　　　　　　　　　　　　　　　　　　　　　예수

멈출 줄 모르는 사랑

스페인의 어느 아버지가 가출한 아들을 찾으려고 이곳저곳 백방으로 다녔지만 도저히 찾을 수 없었다고 한다. 걱정된 아버지는 할 수 없이 급하게 신문에 광고를 낸다.

> 사랑하는 아들 파코에게. 지난날의 모든 일을 용서하마. 내일 정오에 신문사 사무실 앞에서 만나자.
>
> 파코를 사랑하는 아버지로부터

그런데 그 이튿날 아버지가 신문사 앞으로 나가 보았더니 '파코'라는 이름을 가진 아이만 800명이 와 있었다고 한다. 스페인에서 파코는 가장 흔한 남자 아이들의 이름 중에 하나이긴 하지만 그 아이들은 하나 같이 아버지의 용서를 기다리고 있었다고 한다.

그렇다. 용서하지 못하고 잊어버리지 않는 것은 결국 나 자신을 포로로 만들어버리는 것이나 다름이 없는 일이다. 우리 주위에 나의 용서를 필요로 하는 사람은 누가 있는지, 나 자신을 용서해야 할 일은 없는지, 내가 용서를 구해야 할 상대는 또한 없는지 진지하게 돌아보자. 우리 마음 가운데 억눌린 구석이 있다면 이제는 '놓아주기'로 뜻을 정하고 갇혀 있는 자아가 있다면 '풀어주기'로 뜻을 정하자.

성경 이야기 중에 어쩌면 가장 많이 알려진 것은 '돌아온 탕자' 이야기가 아닐까 싶다.

하지만 사실상 그 이야기의 주인공은 아들이 아닌 아버지가 아닐까 싶다. 이야기 속의 아버지는 아들을 놓아주고, 용서해주고 또 그를 축복해주었다. 집을 나간 아들에게 이건 보통 일이 아니다. 하지만 우리에게 감동을 주는 것들, 우리로 하여금 무언가를 느끼게 하고 움직이게 하는 것들은 '보통의 것'들이 아닌 것 같다.

포용력의 법칙
껍데기는 저리 가라

어린아이들은 대부분 겉으로 보이는 모습에 대해 관대한 편이라고 할 수 있다. 물론 요즘 아이들 사이에도 '왕따' 문화가 존재하고 일종의 라이벌 의식이 있는 것도 사실이지만 어린아이일수록 겉으로 보이는 '껍데기'에 치우치지 않는 모습을 우리는 흔히 볼 수 있다.

한번은 중학교 선생님이 아빠가 하는 일을 적어오라는 숙제를 내주었다. 아빠가 하는 일을 표현하는 것은 대부부의 학생들에게 있어 그리 어려운 일이 아니겠지만, 경우에 따라 아빠가 하는 일을 부끄러워할 수도 있는 일이다. 특히나 가뜩이나 예민한 사춘기 무렵의 중학생들에게는 말이다.

그중 한 학생이 처음에는 몹시 망설였다. 아버지가 하는 일은 '뻥튀기 장수'였기 때문이다. 지금까진 성공적으로 그 사실을 숨겨왔지만 친구들이 알게 되고 선생님이 알게 될 것이 두려워지기 시작했다.

그래도 그 학생은 아빠가 하는 일이 한결같이 자랑스러웠다. 아빠는 어렵게 돈벌이를 하면서 가정을 성실하게 돌보는 가장이었기 때문이었다. 그 아빠가 아들에게는 나름대로 위대해 보였고 아빠가 하는 일을 사실은 부끄러워한 적이 없었다.

숙제도 숙제이지만, 아이는 자꾸만 '뻥튀기 장수'를 다르게 표현할 수 있는 방법을 찾았다. 좀 더 세련되고, 좀 더 멋들어진 표현으로. 결국 숙제를 제출하는 날 그 학생의 숙제는 다른 학생들과 동일하게 제출되었고 아빠가 하는 일에 대해 자신 있게 대답했다.

우리 아빠가 하는 일: 곡물 팽창업

그렇다. 모든 것이 그렇듯이 사물을 어떻게 보느냐에 따라 답은 달라지기 마련이다. 아빠가 하는 일을 단순하게 생각하면 '뻥튀기 장수'일 수도 있지만 좀 더 크게 본다면, 그리고 좀 더 정확하게 표현하자면 '곡물 팽창업'이기 때문이다.

이것을 나는 '포용력'이라고 부르고 싶다. 아빠가 하는 일을 충분히 부끄러워할 수도 있는 상황 속에서 그 학생은 아빠가 하는 일의 진정한 '가치'를 보게 된 것이다. 아빠가 하는 일이 많은 수입을 창출하거나 남들이 우러러볼 만한 대단한 일은 아닐지 몰라도 자신의 가족을 위해 희생적으로 일해온 아버지의 모습을 볼 때 뻥튀기 장수는 단순 노동이 아닌 곡물을 팽창하는 자랑스러운 사업이라는 평가랄까?

우리가 평소에 높이 평가하는 것은 대부분의 경우 겉으로 보이는 것들이 많다. 사회적 위치, 인지도, 실력, 학력, 경력 등. 사람 사는 세상에서 어쩔 수 없는 것이라고 할 수도 있겠지만 궁극적으로 이 모든 것들은 우리를 실망시키는 경우가 많다. 표면적인 것에 의해 평가받지 않는 세상에 살 수만 있다면 얼마나 좋으련만 모두들 그것은 너무나 이상적이라 한다. 그것은 너무나 미련하고 바보 같다는 것이다.

그래도 나는 이상적인 세상을 꿈꾸고 싶다. 그리고 꿈만 꾸는 것에서 멈추지 않았으면 좋겠다. 꿈은 언젠가 이루어질 것을 믿기 때문에 말이다.

꿈의 사람, 마틴 루서 킹

마틴 루서 킹의 연설 중에서도 특히 가장 감동적인 연설은 '내가 꿈꾸는 미국의 미래는 언젠가 흑인 아이들과 백인 아이들이 놀이터에서 나란히 놀 수 있는 날인데, 바로 그날을 꿈꾼다'는 연설을 손꼽을 수 있을 것 같다. 같은 연설 속에서 그가 강조한 바는, '책의 겉표지만을 보고 그 속에 담긴 내용을 판단할 수 없는 것처럼 사람의 피부 색깔만보고 그 사람의 인격이나 사람됨을 판단할 수 없다'는 내용이었다.

마틴 루서 킹은 꿈의 사람이었다. 위에서 언급한 그의 연설 제목도 "I have a dream"(나에겐 꿈이 있다)이었다. 어쩌면 오늘날 첫 번째 흑인 대통령이 미국에 탄생하게 된 것도 마틴 루서 킹의 그 꿈 때문이 아니었나 싶다. 지금까지의 미국은 사람의 피부 색깔에 따라 그 사람의 가치를 평가해온 것도 완전히 부인할 수 없다. 그러나 이제는 다른 세상이다. 어쩌면 마틴 루서 킹 목사처럼 이상적인 꿈을 가진 어린아이 같은 어른들도 환영받고 존중받는 세상이기 때문이다.

꿈의 사람 마틴 루서 킹이 꿈꾸던 꿈이 마침내 현실이 된 것이다.

친절함의 법칙

안방까지 내어준다

어린아이들은 남을 쉽게 믿어주는 성향이 있어 자칫 잘못하면 이용의 대상이 될 수도 있다는 것을 우리는 잘 알고 있다. 특히 아이들은 자신이 정든 사람에게는 언제라도 모든 것을 줄 것만 같은 인상을 주기도 한다. 그런 모습이 한없이 기특한 것도 사실이지만, 아이들의 관대함은 우리를 깜짝 놀라게 한다.

평소에 우리 아이들을 예뻐해주시는 어른들이 계시는데, 아이들은 비교적 쉽게 정을 주는 관계로 마치 친구를 대하듯이 버릇없게 구는 경우도 있다. 어른들에게 반말을 쓰는 것은 기본(?)이다.

그런데 하루는 큰딸이 그렇게 친해진 어르신 한 분과 전화로 통화하는 내용을 옆에서 엿듣게 되었다.

"우리 집에 꼬~옥 놀러와."

그분이 대답한다.

"응, 알았어."

거기까진 좋은데, 그다음엔 우리 꼬맹이가 아파트 현관 비밀번호까지 서슴없이 알려주는 것 아닌가?

"우리 집 현관 비밀번호는 내 생일이야. 0719만 누르면 돼. 아, 그리고 별표까지 눌러야 돼. 아무 때나 와도 돼, 알았지? 꼭 와야 돼?"

그 이후에도 우리 딸 혜진이는 우리 집 현관 비밀번호를 동네방네 다 알리고 다녀서 우리 집 현관 비밀번호를 모르는 아파트 주민이 거의 없을 정도였다.

어린아이들은 쉽게 믿는다. 때로는 너무나 쉽게 믿어서 탈이지만, 사실은 그 아이들을 닮고 싶다. 한 수 배우고 싶다. 그래서 좀 더 쉽게 믿고 싶다. 우리는 평소에 얼마나 쉽게 남을 의심하는가. 결국엔 우리는 크고 작은 상처들을 주고받기에 바쁘다.

우리의 역사 속에서도 손님 대접하는 문화는 중요한 문화

어린아이들은 쉽게 믿는다
좀 더 쉽게 믿고 싶다
우리는 평소에 얼마나 쉽게 남을 의심하는가

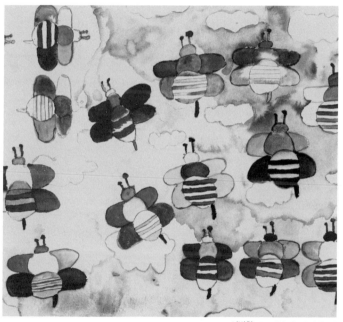

이병찬 1993년생 벌들의 잡기놀이

의 일부였다. 대부분의 양반가에는 '사랑방'이라고 해서 손님을 맞이하는 방이 따로 있었고, 조금 권세 있는 가문이라면 '식객食客'이라고 해서 밥을 먹여주며 사람들을 거두어주는 문화가 있었다.

지금은 일본식 표현인 '가족家族'더 많이 쓰이지만, 원래 가족을 뜻하는 우리말은 '식구食口'였다. 함께 밥을 먹는 사람들이란 뜻이다. 함께 밥을 먹는 모든 사람들은 한 가족이라는 공동체 문화가 우리 역사 속에는 있었던 것이다.

그런데 지금은 웬만큼 친하지 않아서는 남이 집에 가서 함께 밥을 먹거나 잠을 같이 자는 일은 드물다.

웬만한 아파트나 집들에 두세 개씩의 자물쇠를 달고 비밀번호를 걸어놓듯이 이제는 우리 마음에도 자물쇠 하나씩은 걸어두고, 아무도 내 마음의 문 속으로 들어오지 못하도록 비밀번호를 숨겨두고 사는 것 같다. 심지어는 가장 가까운 가족들에게까지 비밀번호를 숨기고서 말이다.

혜진이가 우리 집 현관 비밀번호를 친한 사람들 누구에게나 다 알려주고 살듯이, 우리도 누군가에겐 마음의 문 비밀번호를 알려주고 힘든 일 기쁜 일, 그리고 사소한 일들까지 함께 나누며 살았으면 얼마나 좋을까 하는 생각을 해본다.

안방까지 내주는 어린아이 같은 친절함이야말로 친밀함을 만들어내는 기적의 비밀번호이기 때문이다.

홈스테이

세월이 흐르면 흐를수록 손님을 집에 초대하는 일, 더더구나 누군가 집에 와서 머무르게 하는 일은 찾아보기 어려운 일이다. 외국에서 생활한 경험이 있는 탓인지 이따금씩 외국에서 홈스테이 관련 문의를 나에게 해올 때가 종종 있다.

그럴 때마다 나는 자신의 가정을 열어주는 사람들을 만나게 된다. 물론 기꺼이 승낙하는 사람들보다는 주저하는 사람들이 훨씬 더 많은 것이 사실이다. 그렇지만 서슴없이 자신의 가정을 열어주는 사람들을 통해 나는 많은 것을 보고 느끼게 된다.

그리고 더 놀라운 것은 그 가정의 자녀들에게서 사람을 보다 쉽게 포용하는 성숙함을 발견할 수 있게 된다는 것이다.

친절함은 이렇듯 많은 열매를 낳기 마련이다. 자녀들에게 주는 영향이나 열매만 전부이겠는가. 그것은 빙산의 일각에 불과하다. 우리가 나그네를 받아들일 때 그것은 때때로 천사나 하나님을 우리 가정에 모시는 경우도 있다고 성경은 기록해주고 있다.

친절을 베푸는 행위는 해도 그만 안 해도 그만인 일이 아니다. 바쁜 현대 사회에서 나그네를 위해 우리 가정을 기꺼이 열어주는 것은 점점 더 상상하기 어려운 일이지만 그 이상으로 보람 있는 일도 흔치 않다.

친절함에는 반드시 우리의 가정을 열어주는 친절함만이 있는 것이 아니라, 남의 가정을 찾아가는 친절함도 포함된다. 특히나 몸이 불편한 이유로 자신을 쉽게 움직일 수 없는 이웃을 찾아가는 친절함이야말로 사랑의 마음을 가장 구체적으로 표현할 수 있는 아름다운 기회가 될 수 있다.

누군가를 우리 가정에 초대하는 일이든, 찾아가는 일이든 가장 중요한 것은 열린 마음이 아닐까 싶다.

우리는 인색할 때가 많은 것이 사실이다. 하지만 결국 인색하면 무관심하게 되고 무관심하면 남을 배려하는 마음의 여유를 잃기 마련이다. 우리의 마음은 과연 내 이웃을 향해 얼마나 열려 있는가?

정답은 없지만 이 질문에 대한 나의 반응은 한 번쯤 내 마음의 상태를 점검할 수 있는 기회가 되리라 본다.

하향성의 법칙
내려가도 괜찮다

어린아이들은 전혀 모르는 아이들을 만나도 비교적 쉽게 가까워지고 친구처럼 지내는 것을 볼 수 있다. 처음에는 약간 서먹서먹할지라도 조금만 시간을 주면 절친한 사이가 되는 것을 발견할 수 있다. 그만큼 어린아이들은 어른과 달리 위아래를 크게 따지지 않고 서열도 그다지 중요하지 않기 때문이다.

〈줄무늬 파자마를 입은 소년 The boy in the striped pajamas〉라는 영화엔 여덟 살 독일인 소년과 나치 수용소에서 지내는 같은 나이의 유대인 소년이 만나는 장면이 등장한다. 두 소년은 부모 몰래 만나며 관계가 두터워지게 되지만 어린아이들인지라 독일인 부모와 유대인 부모 사이에 있을 수 있는 배타적인 감정을 초월한 채 자연스럽게 친구 관계가 형성된다.

〈연을 쫓는 아이 Kite runner〉라는 영화에도 환경이 전혀 다른 부유한 가정의 아이와 형편이 열악한 아이 둘이 만나게 되면서 가장 친한 친구 사이가 되는 것을 볼 수 있고, 〈슬럼독 밀리어네어 Slumdog millionaire〉라는 영화 역시 두 아이의 인상 깊은 만남으로 시작되는 것을 확인할 수 있다.

자신들의 환경이 아무리 달라도 어린아이들은 그것을 대수롭지 않게, 가볍게 여길 수 있는 것이다.

어른들은 이와 달리 철저하게 이기적이고 철저하게 배타적인 경우가 얼마나 많은가? 그리고 그것을 합리화하는 경우 또한 얼마나 많은가? 학연이 다르고 지연이 다르면 쉽게 다가서지 않는다.

하지만 어린아이들의 세상은 전혀 다르다는 것을 쉽게 발견할 수 있다. 어른들의 입장이나 어른들의 세계에서 그만큼 의미 있게 생각하는 것들에 어린아이들은 크게 집착하거나 관심을 두지 않기 때문이다.

위에서 영화에 대해 잠깐 언급한 것처럼, 어린아이들은 서로의 배경에 대해서 크게 신경 쓰지 않는다. 아무리 이념이 다르고 문화가 다르고 여건이 달라도 어린아이들에게는 상관

하지 못할 상대가 없는 것이다. 대부분의 경우 어린아이들은 백인종 흑인종을 구별하지도 않고, 빈부 차이도 관심 밖이다. 더구나 상대방이 제아무리 달라도 함부로 비교하거나 수준 이하라고 선을 긋는 행위를 일삼지 않는다.

하지만 어른들에게는 이와 같은 '자기 포기'가 좀처럼 쉽지 않은 것이 사실이다. 그것은 무언가를 잃어버린다고 생각하기 때문일까? 물론 이미지를 중요시 여기는 사회에서 자신의 이미지를 훼손시키고 싶은 사람은 아무도 없을 것이다.

우리는 사회적으로 '하향적'인 사고보다 '상향적'인 사고에 더 익숙해 있다. 높은 것은 무조건 좋고 낮은 것은 천한 것이라는 가치관이 지배적인 것이다.

하지만 우리가 진정으로 존경하는 사람들은 자신의 경험이나 지식이나 재능이나 위치를 자신의 이익만을 위한 도구로서가 아니라 오히려 이웃을 섬길 수 있는 기회와 통로로 생각하는 사람들이 아닌가.

대표적인 예로는 미국의 전직 대통령 지미 카터 Jimmy Carter 를 손꼽을 수 있다. 전직 대통령 내외가 망치를 들고 저소득층 가정을 위한 '사랑의 집 짓기 운동 Habitat for Humanity'에 나서서 미국 사회를 넘어 이웃 나라에까지 가서 자원 봉사하는 모습이야말로 하향적인 삶의 모습이다.

'자기 포기'는 그런 의미에서 일부러 불편해지는 것이다. 일부러 불편해지는 것은 누가 시켜서가 아니라 자원해서 불편해지는 것이다. 그만큼 어떤 것에 익숙하지 않더라도 불편해지는 것을 스스로 감수하는 것이랄까?

처음엔 어렵겠지만, 어린아이 같은 마음은 이와 같은 '내려감' 혹은 '하향적'인 삶을 가능케 한다.

막힌 변기를 뚫는 사람

몇 해 전에 우리 교회 남자 화장실의 소변기가 막혔던 일이 있었다. 물을 아무리 내려도 내려가질 않았다. 그 문제로 화장실을 들어설 때마다 한 달 가까이 냄새가 얼마나 고약했는지 모른다. 화장실을 지나가는 사람마다 하나같이 인상을 쓰고 얼굴을 찌그리는 것을 볼 수 있을 정도였고, 그것도 찜통더위가 시작되는 무렵이었으니 오죽했겠는가?

교회 측에서는 그걸 뚫는 비용이 60만 원이 들어간다는 것을 확인한 끝에 결국엔 더 저렴한 곳을 알아본다는 것이 그만 한 달이 훌쩍 지나간 것이다.

그러던 어느 날 일요일 아침에 내가 그 화장실을 들어가게 되었는데, 내가 그날 본 광경은 영화에 나올 만한 모습이었다. 어느 점잖은 신사가 양복을 입은 채로 무릎을 꿇고 맨손으로 온갖 오물을 소변기 속에서 다 끄집어내고 있었던 것이다.

"아니, 거기서 뭐 하세요?"라고 물어보니까, 그분은 환하게 웃는 미소를 지으면서 "아, 이제 마~악 뚫렸습니다!" 하는 것 아닌가?

그 순간 솔직히 나는 눈물이 핑 돌아 그분을 똑바로 바라볼 수도 없었던 기억이 지금껏 잊히지 않는다. 특히나 그날 화장실 바닥에 무

를을 꿇고 맨손으로 오물을 끄집어내시던 분은 큰 기업의 사장님이
셨다.

그분의 위치나 신분을 보아 그렇게 더러운 일은 해도 그만 안 해도
그만이지만, 그분은 그것을 남의 일이라고 생각하지 않고, 수준 이하
라고 여기지 않은 것이다. 돈으로 해결할 수도 있는 일이지만, 그분에
게는 자신의 몸을 낮추고 자신의 손을 더럽혀서라도 그 일을 기꺼이
감당했던 것이다.

진정한 자존감이 있는 사람이야말로 진정으로 겸손할 수 있다는 것
을 내 눈으로 확인한 생생한 사례였다.

포옹의 법칙

몸으로 사랑한다

어린아이들은 포옹하는 것이 자연스럽다. 부담을 갖거나 어색해하지 않는다. 그만큼 포옹을 즐길 줄 안다고 할까?

평소에 집 앞이나 놀이터, 혹은 공원이나 공항에서 엄마나 아빠를 반갑게 맞이하는 어린아이들의 모습을 종종 볼 수 있다. 나이가 어릴수록 아이들은 수줍음을 모른다. 남의 눈치를 살피는 법도 없다. 반가운 사람이라면 무조건 달려간다. 힘껏 달려가서 입을 맞추고, 달려가서 두 팔을 벌려 온몸으로 포옹을 한다. 누가 시켜서 그러는 것도 아니다. 지극히 자연스럽고 어린아이다운 모습이다.

얼마 전에 〈한 번의 포옹〉이라는 짧은 글을 감명 깊게 읽게 된 적이 있다. 그 글의 내용은 다음과 같다.

한 번의 포옹이 수천 마디의 말보다 더 많은 것을 말해줍니다. 포옹에 익숙하지 않더라도 누군가를 안아보십시오. 따뜻한 포옹을 필요로 하는 사람이라면 더할 나위 없습니다. '당신이 있어 기쁘다'는 것을 말뿐만 아니라 행동으로도 보여주십시오. 그것은 상대방은 물론 당신의 영혼에도 좋은 일입니다.

이름트라우트 타르^{Irmtraud Tarr}의 《페퍼민트》(현문미디어) 중에서

그렇다. 이것이 바로 한 번의 포옹이 지니고 있는 잠재력이라고 말할 수 있다. 한순간의 몸짓으로 내가 반겨준 한 아이, 내가 안아준 한 노인, 내가 얼싸안은 한 사람에게는 말로 표현할 수 없는 가치를 전달하는 것이다.

오늘을 살아가는 많은 사람들에게 필요한 것은 어쩌면 대단한 것이 아니다. 어쩌면 우리에게 가장 필요한 것은 한 번의 포옹일 수도 있다. 우리 사회에서 가장 잊혀진 한 사람, 가장 소외된 한 사람, 그 한 사람을 찾아가 포옹하고 안아주는 일, 그것이 우리 사회에 가장 필요한 운동이 아닐까.

포옹은 사랑이기 때문에.

포옹은 신뢰이기 때문에.

포옹은 인정이기 때문에.

포옹은 용납이기 때문에.

포옹은 용서이기 때문에.

포옹은 우리의 마음을 열어주는가 하면 우리 안에 있는 슬픔과 상처를 싸매주는 효과도 있다. 비록 한 번의 포옹일지라도 그 포옹의 힘은 방황하는 한 사람, 상처입은 한 사람, 쓰러진 한 사람을 일으킬 수 있고 새롭게 시작할 수 있도록 용기와 희망을 불어넣어 주는 통로가 될 수 있는 것이다.

얼마 전에 인터넷에서 읽게 된 〈고도원의 아침편지〉는 포옹을 다음과 같이 설명해주고 있었다.

포옹은 '얼싸안는' 것입니다.

'얼을 감싸 안는다' 는 뜻이 포함되어 있지요.

가슴뿐 아니라 그의 영혼까지 감싸 안는 것입니다.

처음에는 누구나 쑥스러워 합니다.

그러나 자꾸 하다 보면

'얼싸안는' 그 따뜻함의 힘을 온 몸으로 느끼게 됩니다.

한 번의 포옹이 사람의 운명을 바꾸고

기적을 일으킬 수 있습니다.

그렇다.

얼싸안는 것이란 단순히 몸을 감싸 안는 것 이상의 것이라고 생각한다. 그것은 상처입은 한 사람의 마음을 만져주는 것이며, 그 사람의 몸과 마음, 과거와 현재, 그리고 미래까지 얼싸안는 것이기 때문이다. 그 속에는 우리의 상상을 초월하는 치유의 힘이 있고 회복의 기적이 있다고 나는 감히 믿는다.

사랑은 표현될 때 비로소 사랑이라고 한다. 사랑을 표현하는 수만 가지 방법이 있겠지만, '얼싸안는' 방법은 어떨까?

내 가까이에 나의 포옹을 필요로 할 만한 사람은 누가 있을까?

그 사람은 결코 멀리 있는 것이 아니다. 의외로 가까이에 있을 수 있다. 그 사람의 얼굴을 떠올려보고, 이름을 떠올려보자. 아니 떠올려보는 것에서 멈추지 말고, 오늘은 움직이자. 오늘은 찾아가자. 그리고 오늘은 표현하자.

입으로만 표현하는 것이 아니라, 이왕이면 몸으로 표현하자. 그래야만 우리의 마음이 전달되기 때문이다.

프리허그운동

유럽에서 시작된 프리허그free hugs 운동은 현재 전 세계를 휩쓸고 있다. 지금은 동서양을 막론하고 가는 곳마다 이와 같은 포옹 운동이 불처럼 일어나고 있는 것을 쉽게 볼 수 있다. 그만큼 사람들은 포옹 받기를 원하고 포옹해주길 원한다. 그만큼 현대인들은 외롭게 살고 있다는 증거이기도 하다.

특히나 우리 문화나 정서는 포옹을 주고받는 것에 익숙하지 않은 것도 사실이다. 그렇기 때문에 포옹에, '얼싸안음' 에 목마름이 있고 굶주림이 있는 것이 아닐까 싶다.

사람 많은 길거리가 아니어도 좋다. 시장 한 복판이 아니어도 좋고, 백화점이 아니어도 좋다. 그저 내 옆에 있는 한 사람, 내 부모, 내 자녀, 내 배우자, 그리고 내 친구부터 안아주는 것, 거기에서 시작하면 충분하다.

누군가가 나를 포옹해주길 기다릴 것 없이 내가 먼저 포옹해주면 되는 것이다.

스티븐 코비Stephen Covey는 《성공하는 가족들의 7가지 습관》 중에서 우리에게 필요한 것은 '하루 열두 번의 포옹' 이라고 한다. 신체적으로는 말할 것도 없고 말이나 눈으로, 혹은 분위기로도 상대방을 포웅해주는 일이 가능하다는 것이다.

　포옹은 서로를 끌어안는 것이지만 단순히 가슴만 맞대어 체온을 느끼는 것이 전부가 아니다. 서로의 고독함을 헤아려주며 아픔을 어루만져주는 것이 세상에서 가장 따뜻한 포옹이다.

할아버지에게 은근히 자신의 달리기 솜씨를 자랑하고 싶어하는 한 아이가 있었다.

너무 어린 녀석인지라 살짝 염려는 되었지만, 거절할 수 없는 분위기 인지라 할아버지는 손주의 달리기 솜씨를 보자고 했다.

물론 예상했던 대로 아이는 넘어지기 일수였다.

그러자 할아버지가 다시 뛰려는 아이를 말리면서 말했다.
"애야, 너는 멈추는 법부터 배워야겠다."

그러자 아이는 눈 하나 깜짝하지 않은 채로 진지하게 할아버지에게 말했다.

"안돼요. 저는 지금 뛰는 법을 배우고 있단 말예요!"

할아버지는 몰라서 하는 소리라는 것이다. 멈추는 법을 배우는 건 시시하고 재미 없는 노릇이란 말이다. 그만큼 뛰는 법을 배우는 것이 신나기 때문이다. 실수를 하는 한이 있어도 넘어지는 한이 있어도 말이다.

어린아이들처럼 되는 것은 앞을 보고 뛰는 것이다. 넘어져도 다시 일어서서 달리고 또 달리는 것이다. 어린아이가 제대로 걷거나 뛰기 전까지는 약 2,000번을 넘어진다고 하는 이유도 여기에 있는 것 아닐까?